# TAGE WIE TÜRKIS

Eine philosophische Novelle

AF188790

JENNIFER HILGERT

# TAGE WIE TÜRKIS

2. Auflage
Deutsche Erstausgabe Dezember 2017
© Jennifer Hilgert

Covergestaltung, Satz & Layout: Laura Newman
- design.lauranewman.de -
Unter Verwendung von Stockdaten: Designed by Freepik, Designed by Vexels.com & zirka / 123RF Lizenzfreie Bilder

Lektorat: Nina C. Hasse

Bibliografische Information der Deutschen Nationalbibliothek:
Die Deutsche Nationalbibliothek verzeichnet diese Publikation
in der Deutschen Nationalbibliografie; detaillierte bibliografische Daten sind im Internet über dnb.dnb.de abrufbar.

**Impressum**
Jennifer Hilgert
Nelly-Sachs-Straße 28
55129 Mainz

Herstellung und Verlag: BoD – Books on Demand, Norderstedt

ISBN: 978-3-746-04648-8

# VORWORT

Üblicherweise bin ich Leserin und erfreue mich an guten Büchern. Wenn man nun wie ich eine schreibende Schwiegertochter hat, darf man bereits die Rohfassung eines Werkes lesen. Mir ist die Ehre zuteilgeworden, ein Vorwort zu schreiben.

Was hat die Novelle mit Türkis zu tun? Türkis ist die Farbe des Himmels, der nah und fern zugleich ist. Es ist die Farbe der Hoffnung.

Der Türkis ist ein wunderschöner Halbedelstein, ein Tonerde Phosphat, das in Knollen wächst. Die farbgebenden Substanzen sind Kupfer und Eisen. Die Indianer beispielsweise stellten Schmuck aus Türkis her, der es bis zu uns nach Europa geschafft hat. Bis heute ist Türkis verbreitet, sein Hauptvorkommen ist in Arizona, Nevada, China, dem Tibet und Mexiko. Bereits als Mädchen habe ich mich in Türkise verliebt und gerne ein Lederband mit einem Türkisdonat um den Hals getragen. Dabei habe ich fest in seine Heilkraft vertraut. Der Stein soll Tatkraft verleihen, Ängste und Unsicherheiten nehmen. Er gilt als Beschützer vor Unglück und ist demzufolge ein guter Stein für Reisende.

Ihm wird nachgesagt, negative, störende und schädliche Einflüsse vom Energiefeld seines Trägers fernzuhalten. Beobachtungen hinterlassen den Eindruck, als könne er diese Energien in sich absorbieren. Der Edelstein verausgabt sich für seinen Träger, das heißt, wenn es jemandem längere Zeit nicht gut geht, verfärbt sich der Türkis und weist dunkle Flecken auf. Ist das der Fall, darf er in Erde oder Meersalz gelegt werden, um sich zu erholen.

*Birgit Mohr*

# TURMALINGRAU

*16. Oktober 2014*

Weißt du, May, es gibt Tage, die sind wie Zwiebeln.
Man geht ihnen Schicht für Schicht auf den Grund
und was übrig bleibt, ist zum Heulen. Solche Tage, einer
wie der nächste und jede Minute eine Qual. Nix passiert,
was sonderlich erwähnenswert wäre und wenn doch, ist
da nicht das lächerlichste bisschen Gutes.  Nach Pfefferminze und Lakritz schmecken wollen! Voller Zu-
friedenheit nur so triefend. Pah! Dass ich nicht kotze.
Zum Kakadu mit den Tagen, die wie Türkis sein wollen!
Und zum Höllenheilstein mit den Schweigeminuten, in
denen man nicht einmal danach fragt, was es Neues
gibt, weil man sich doch nichts zu erzählen hat.
Es sind diese Momente, in denen man besser die Augen
schließt und die Klappe hält. Nur ein bisschen tot sein!
Für immer ganz kurz. Das hätte jetzt was. Bloß bis
nächste Woche oder so. Hast du mal versucht, tot zu
sein? Nur bis die Tage wieder bedeutender werden?
Und wenn nicht, erweckst du mich zum Leben?  Dieses
scheiß Glück. Ich begegne ihm immer dann, wenn ich es
am wenigsten bin. May, ich sag dir was, ich pfeif drauf.

*Aufs Glücklichsein. Offiziell. Heute erst recht. Weil es einer dieser Tage ist. Nix ist Türkis, nix „wird schon wieder". Alles mehr in Richtung zum Kotzen. Ohne Einhörner und Konfetti, Pfefferminze und Lakritz.*

Sonnenstrahlen drängeln sich zwischen den einzelnen Lamellen des Rollos ins Zimmer. Draußen ziehen Frauenstimmen am Schlafzimmerfenster vorbei. Amy kann nicht genau hören was sie sprechen, aber sie bemerkt die gute Laune, die in jedem Wort mitschwingt. Sie werden immer wieder von einem Gelächter unterbrochen, das an einen Hustenanfall nach einem im Hals steckengebliebenen Bonbon erinnert. Irgendwie ansteckend.

Doch Amy verleitet es nicht im Geringsten. Sie ist seit Stunden wach, brütet mal grübelnd über dem Durcheinander, das eher an einen gut sortierten Schreibwarenladen als an ein Bett erinnert und liegt dann wieder in Gedanken verloren auf ihrer Matratze. Sie denkt nicht einmal ans Aufstehen. Ausgeschlafen ist sie, das Lachen der Frauen hat sie nicht geweckt. Ihr Wecker soll das eigentlich in sieben Minuten für sie übernehmen. Bevor der jedoch die Chance dazu bekommt, rafft Amy sich hoch, schaltet ihn vorsorglich ab und drückt zum wiederholten Mal ihren Körper in das Bettpolster. Sie streckt die Arme von sich, als wollte sie einen Schneeengel imitieren. Dann versucht sie nach ihren Fußspitzen zu greifen, und verzieht das Gesicht. Mit einem gekonnten Wendemanöver kugelt sie sich auf den Bauch, drückt ihren Kopf ins Kissen und atmet fest in es hinein. Sie schließt ihre Augen. *Lach doch*, ermahnt sie sich ungnädig.

„Ich zelebriere das Wachwerden mit meinem ganzen Willen, so gemütlich wie möglich und so energisch wie nötig." Laut rezitiert Amy das Mantra, das ihr Dr. Lee mit auf den Weg gegeben hat. *Jetzt wird es was!* Amy zieht die Mundwinkel nach oben und presst ein Lächeln in den Kissenstoff. Früher hatte sie nicht mal im Traum die Fähigkeit zu einer Lilalaune am Morgen besessen. Sie gehörte zu den Menschen, die das Pech anzogen wie die Erde den Mond und umgekehrt. In ihrem alten Leben hatte sie die Nacht vermisst, noch bevor der Morgen begann. Ihre Angst vor dem Tag nahm mehr Raum ein, als die Scheu vor der Schwärze. Die Sorgen darüber, er könnte nichts Gutes bringen, betäubend. Ihr Kosmos beschränkte sich auf vier Quadratmeter Polstergarnitur. In der Dunkelheit ließ es sich wenigstens schlafen.

Amy versucht die schlechten Erinnerungen von sich abzuschütteln. *Ich hasse es, dass sie sich immer wieder einschleichen müssen wie Schlangen in subtropische Ferienanlagen.* Sie kämpft ihren Oberkörper von der Matratze und dreht ihn zum Nachttisch. Ihr Blick fällt auf das Getränk. Mit ihrer linken Hand zielt sie nach dem Glas. Es ist halb voll. Seit letzter Woche bereitet sie es sich regelmäßig vor. Nachdem das letzte Wasserglas geleert ist, richtet sie sich ein neues. Jeden Abend. Nach ihrer Kalenderkontrolle und vor dem Zähneputzen. Dieser Ablauf hilft ihr, den Tag mit ein paar Schlücken Flüssigkeit zu beginnen. *Meinem Herzen das Gefühl geben, dass ich am Morgen schon an es denke, scherzt sie in Gedanken.*

*Hört sich verdächtig nach Werbeslogan an. Wirkt mindestens so ergiebig, fühlt sich aber ehrlicher an. Zum Kakadu mit meinem Kopfweh! Durstkopfschmerz, adé. Dreißig Milliliter pro Kilo ist angesehener Maßstab. Errechne: Macht anderthalb Liter für mich. Dr. Lee hat ganze Arbeit geleistet. Hautbild, Energie, Verdauung, alles geschmeidig. Note to myself: abends noch mehr gefüllte Wassergläser in der Wohnung verteilen. Hab Durst. Trinken. Jetzt!* Sie setzt das Glas an. Wie ein eisiger Bergquellbach stürzt das Wasser ihre Kehle hinunter. *Glashart, wenn man sich darauf konzentriert,* findet Amy und räuspert sich. *Und dabei so verdammt belebend!* Mit dem Handrücken wischt sie sich die perlnassen Reste von der Oberlippe und schwingt ihre Beine über die Bettkante. Dann bringt sie ihren Körper in die Position einer römischen Statue, das weiße Nachthemd mit Punktapplikationen zusammengeknautscht unter ihren Oberschenkeln eingeklemmt. Es ist ihr zwei Nummern zu groß. Im Stand baumelt es wie ein Mobile. Vor allem die Ärmel hängen wie ein Schluck Wasser in der Kurve. Auf ihrer Schneewittchenhaut erinnert die Kombi eher an blaue Lippen im Winter. "Lilys Duft haftet nicht mehr am Hemd", seufzt Amy. "Dafür kommt mein Kreislauf in Schwung. Wie eine Seilbahn, die sich in Bewegung setzt." Dabei tut Amy nichts weiter als aufrecht auf ihrem Bett zu sitzen und sich auf ihren Atem zu konzentrieren. Indessen schlägt ihr Herz schneller. Es pumpt und pumpt und pumpt, als gäbe es einen Wettbewerb zu gewinnen. Amy malt sich den Zirkulationsweg genau aus. In ihrer Vorstellung transportiert ihr Herz bei jedem Schlag lebenskräftiges Rot in sämtliche

Ecken ihres Körpers. *Wie ein Tintenpunkt, den man auf ein Löschpapier gibt,* stellt sie es sich vor. Es kribbelt in ihren Schläfen, in ihren Zehen - und Fingerspitzen, sie hat eine Gänsehaut im Nacken. *Blut in Wallung. Ein Gefühl voller Lebendigkeit und Wahnsinn, dabei ein Moment voller Ruhe und Aufrichtigkeit. Mein Leben und ich im Erwachen. Weit und breit kein Schmerz. Kein Druck. Nichts ist unangenehm. Da sind bloß diese Kaltwarmschauer, die sich über meinen Rücken werfen. Krasser Kakadu!* Amy streckt sich ausgiebig. *Sogar meinem Rücken geht es gut. Nichts knackt oder spannt. Fühlt sich alles stabil an. Woher kommt eigentlich das Sprichwort, 'Haltung bewahren'? Kann man Gemütsruhe lernen? Oder nur beibehalten, wenn man sie eh schon hat? Und ist 'aus der Haut fahren' das Gegenteil? Wo steht man eigentlich, wenn man neben sich steht?* Bevor Amy diese Sachverhalte weiter verfolgen kann, löst sie sich aus der Entspannung. Sie runzelt die Stirn, die sich wie eine Walnuss in winzige Windungen legt. Dann hebt sie ihre buschigen Augenbrauen und fabriziert damit ein Amuse-Gueule von Anblick: Sie fletscht die Zähne wie ein getriebener Wolf, zwingt sich ein weiteres Lächeln aufs Gesicht und lässt alles kurz darauf wieder fallen, ähnlich eines Theatervorhangs, dessen Leinen zu einem falschen Zeitpunkt gezogen werden. Im Inneren ihres Gehörganges fühlt es sich an, als schotteten sie sich ab. Als hätte Amy selbst es in der Hand, ihre Ohren gegen die Außenwelt abzuriegeln. Ihre Nasenlöcher blähen sich auf. Kugelfischartig weiten sie sich bei der Gesichtsaerobic und finden kurz darauf in ihren Normalzustand zurück. *Und nochmal! Ihre Halsadern treten hervor. Gesicht zu einer Maske anspannen und lösen. Raffen und lockern. Raffen und lockern.* Amy wiederholt das ein paar Mal, bis sich ihre Gesichtsmuskeln wie ermattet anfühlen. Auch wenn sie fasziniert davon ist, wie genial doch alles miteinander verbunden ist, kommt sie sich ein wenig albern vor. Zu ihrer überraschenden Freude gesellt sich vor allem eine bettreife Abgespanntheit. *Egal! Noch zwei Mal.* In ihrem Stirnbereich fühlt es sich jetzt nach Mückenstich an. Ohne dass es juckt. In ihren Wangen pumpt es. Ein neuer Gedankenblitz, beginnt sie zu beschäftigen und schießt ihr ein erstklassiges Loch ins Hirn. *Wie entsteht ein Gedanke? Ist es wie mit der Liebe auch, eine chemische Reaktion? – schickt man Gedanken, für die man bezahlt wird, auf den Strich? Und woher kommt die Bezeichnung Gedankenstrich? Wenn ich könnte, würde ich jetzt an nichts denken. Vakuum, Leere. Aber notorisch grüble ich, überlege hin und her und zermartere mir das Hirn, rätsele und hänge doch bloß der Einbildung hinterher, dass man nie nichts denken kann.*

Es ist so weit. Amy klammert sich an ihre Gedanken und je mehr sie geistige  Vorkehrungen trifft, genau dies nicht zu tun, desto klarer werden die Konturen ihrer Vergangenheit.

Während sie sich mit einer einwandfreien Rückenhaltung auf den Beschlag der Schlafzimmertür konzentriert, erwartet sie in irgendeiner Windung ihres Hirns eine Rückschau auf einen wichtigen Teil ihrer Geschichte. Sie lauert da, zwischen High School und Prüfungsfragen, gespeist aus ihrer Kenntnis über die fünf Lehrsätze Watzlawiks. *Himmel! Was habe ich ihn gefeiert!* Amys Wissen an den österreichisch-amerikani-schen Familientherapeuten und Psychologen zeigt sich. Er war einer der einflussreichsten Personen am "Mental Research Institut" im kalifornischen Palo Alto, dort, wo er lebte und arbeitete. Nachdem Amy von seinem Axiom erfahren hatte, "One cannot not communicate", hatte sie all seine Forschungen genauestens studiert und den ersten Lehrsatz schließlich für sich umformuliert: Man kann nicht nichts denken. *Wenn ich gleich die Tür öffne, beginnt für mich der Kampf. Bloß einen Schritt in den Flur gesetzt und ZACK! Der Tag hat mich. Da! Schon wieder. Der nächste Angstgedanke.* Jede Überlegung kommt wie Platzregen, gleichzeitig will sie genau diese unter keinen Umständen akzeptieren. Mehr noch. Ihr Gedankenkon-strukt, der Versuch es zu verhindern, weil sie nichts lieber als verkehrt liegen will, ist im vollen Gange. *Bitte, mir gehts doch gut gerade, hier, auf dem Bett, sicher hinter verschlossener Tür, fleht sie innerlich. Alles ist gut! Solange wie möglich im Augenblick bleiben! Bleib! Bleib!*

*Nichts ist gut. Bitte nicht aufgeben. Entspannen! Alltags-strudel aus Pflichten und Fremdbestimmung, er wird mich festnehmen. Viel. zu. schnell. Einfangen. Gefangen halten. Spätestens, wenn ich da rausgehe. Es ist kompliziert. Es ist scheißeschwer. Ich will es nicht mehr! Und ich werde nicht mehr.* Details verdrehen sich und ihre Angst kehrt zurück. *April. April. April. Ich brauche den April.*

Nervös reibt Amy sich mit den Handflächen über die nackten Beine. Als würde sie in ein Abenteuer springen, schnappt sie ich nach ihrem Tagebuch und wirft sich zurück. Hektisch beginnt sie zu blättern. Sie sucht nach einem Eintrag, nach einem prägnanten Eintrag aus dem April 1999.

# JADEGELB

Amys Blick hängt gewitterwolkenschwer auf dem Papier, klebt an den Sätzen. Ihr Mund ist geöffnet. Wildfremd fühlt sich ihre Kehle an. Sie kommt aus dem Staunen nicht mehr raus. Die Beine hat sie zu einem Schneidersitz gefaltet. Da sitzt sie nun seit fünf Minuten, starrt ihre Schrift an, die langsam vor ihren Augen verschwimmt und die sie kaum wieder erkennt. Sie befindet sich in diesem seltsamen "once upon a time" Zustand. Sie weiß, sie hat sich genau dorthin selbst katapultiert. Ihre Erinnerungen hängen wie ein Nieselregen im Oktober vor drei Jahren. Ihr Geist ist fassungslos und fühlt sich trotzdem lebendig an. Amy wartet auf etwas, das nicht eintreten wird. Das Zurück. Doch das gab es jetzt nicht mehr. Schweißgebadet ist sie vor einer viertel Stunde aus einem Albtraum erwacht. Er hatte ihr keine andere Möglichkeit gelassen, als nach *ihr* zu suchen. Jeder Entzug entpuppte sich als gescheitert. Die trennscharfe Linie zwischen ihrem selbstauferlegten Verbot und dem, was jetzt einfach geschah, verwischte wie ein Fußabdruck im Sand.

Weitere Minuten versiegen bis Amy ihren Mund wieder schließen und einen wachen Gedanken fassen kann. Bis dahin sitzt sie wie gelähmt inmitten vollgeschriebener Notizbücher, als übernähme sie eine Totenwache. Sämtliche Hefte mit festem Einband, alle sind sie bis auf die letzte Seite bewaffnet mit Erinnerungen. Zeitzeugen ihrer Vergangenheit. Auch lose Blätter tummeln sich dazwischen. Behutsam fährt sie mit dem Zeigefinger über die mit Schreibmaschine getippten Bögen, den Geruch der Tintenspule ihrer türkisen Smith Corona noch in der Nase. *Ob sich Blindenschrift so ähnlich anfühlt,* staunt sie, während sie die gestanzten Buchstaben befingert. Im Geiste vergleicht sie die Menge der knöchelhohen Stapel an Heften und Blöcken – penibel etikettiert – mit den Files auf ihrem Mac. Im Geist klickt sie sich durch ihre Dateien. *Was für eine Entwicklung.* Und zwischen all den Dokumenten, fast vintage, hat sie May gefunden. Ihr altes Tagebuch. Es ist die May aus ihrem Traum und es ist vor allem die May aus ihrer Realität. Die May ihrer Vergangenheit. Wird sie auch die May ihrer Zukunft werden?

„16. Oktober 2014", haucht sie in den Raum und klappt das Tagebuch zu, als wollte sie etwas verheimlichen. Mit einem Ausdruck, als hätte sie eben etwas Unanständiges getan, betrachtet sie das längst vergessen geglaubte Buch, das Schatz und Fluch zugleich ist. Irgendwie ist sie froh, ihre dicke, alte May in den Händen zu halten. Andererseits kann sie es selbst kaum glauben, dass sie genau davor, vor diesem Jetztmoment, eine halbe Ewigkeit Angst gehegt hat. Ein warmes Gefühl breitet sich in ihrem Gesicht aus. Ihre Wangen erröten.

Ihr Kopf fühlt sich heiß an, ihr Puls steigt. Mit der Hand fasst sie sich ans linke Ohr. *Gütiger Kakadu!* Ihr Herz schlägt ihr gleichmäßig bis zum Hals. Die Panik davor, weiter zu lesen, und gleichzeitig mit einem Schwall Altlast konfrontiert zu werden, setzt ihr zu. Trotzdem ist sie großartig überrascht. Von ihrer Disziplin, eine solche Menge handgeschriebener Erinnerungen jemals auf Papier gebracht zu haben.

*Verewigt. Meine fein säuberlich notierten Tage. Alle unverarbeitet, fest in einem Dornröschenschlaf. Komatös. Aus den Augen waren sie. Aus dem Sinn. Nicht vorhanden. Bis jetzt.*

Langsam zeichnen sich Pusteln auf ihrer Haut ab. Sie illustrieren ihr Dekolletee mit einem Rotschimmer. Das passiert regelmäßig, wenn Nervosität in ihr aufsteigt. *Lesen ist wie erleben. Will ich die Geister von damals allen Ernstes aus ihrem Verlies locken und sie aus der Vergangenheit mitten ins Jetzt beschwören?* In ihrem Rachen formt sich ein Kloß. Ihr Hals ist wie zugeschnürt. Das Engegefühl quittiert ihren Zweifel. Was sich nach Fremdkörper anfühlt, ist in Wahrheit ihre Angst. Sie kann sie nicht einfach herunterschlucken. Sie fragt sich, was geschieht, wenn sie weiter liest. Wird sie die geballte Ladung Schmerz noch einmal durchleben? *Papier ist geduldig,* stellt Amy klar. *Ich nicht.* Und schneller als sie sich selbst eine Antwort geben kann, öffnet sie ihr Tagebuch und blättert, als hinge davon alles ab.

*Wenn ich das eines Tages lese, erwecke ich mich zum Leben. Ich bewahre mich vor dem Tod, weil ich mich nicht vergessen habe. Ich weiß jetzt schon, dass ich in Abgründe klettern muss und auf das zurückblicken werde, was ich niemals sein wollte. Ich starb bereits, als Dad zum ersten Mal zu mir sagte, dass er sich einen Sohn, statt mir gewünscht hatte. Und ich starb immer wieder aufs Neue, wenn er es wiederholte, weil ich nie sein Kind geworden bin, obwohl ich es sein wollte. Ich schreibe dir, May, weil ich mit niemandem darüber reden kann. Am liebsten würde ich es laut erzählen, wie froh du mich machst, obwohl ich todunglücklich bin.*

Amy lässt die Sätze auf sich wirken. Sie kann nicht glauben, dass es erst ein paar Jahre her sein soll, was sie da in May vorfindet. Angestrengt kneift sie ihre Augen zusammen, als müsse sie den Inhalt ihrer Worte erst verifizieren. *Nicht mehr allzu viel übrig von diesen Widersprüchen in meinem Leben,* stellt Amy fest.

Nervös knibbelt sie an ihrem Daumen, fasst sich in den Pony, durchwühlt ihn kurz, aber wild, bis er zerzaust in ihre Stirn fällt. Sorgsam rollt sie mit dem Zeigefinger eine Strähne aus dem Rest ihrer Haare auf und zwirbelt sie zwischen ihm und dem Daumen hin und her. *Was sich doch in einem einzigen Leben alles ansammelt und wieder verändert.* Sie lässt von ihrem Haar ab wie ein Kind, das fertig mit den Schularbeiten ist und hält sich die Hände vor ihr Gesicht. May landet weich auf der Bettdecke. Ihre bemalten Fingernägel schauen sie an. Sie begutachtet ihren Nagellack. *Pastellrosa. Gefeilte Ecken. Rund zulaufend. Natürlich. Kein Vergleich zu früher.*

Animalisch hatte Amy sich noch vor wenigen Monaten an ihrer Nagelhaut zu schaffen gemacht, jede Beere im Wald, von einem Wildschwein aufgestöbert, wäre besser behandelt worden. Sie zerbiss sich beide Daumen. Bis das rohe Fleisch zum Vorschein kam. Besonders das Nagelbett ihres rechten Daumens hing damals in Fetzen vom Finger, kaum mehr als solcher zu erkennen. *Entstellt. Made by myself, zum x-ten Mal. Und trotzdem hielt mich alles davon ab, genau damit aufzuhören.* Amy schärft sich ein, die Lage im Griff zu habe, obwohl ihr Magen langsam nach oben wandert. *Nicht der Rede wert.* Amy nimmt May wieder auf und sucht nach einem packenden Indiz.

*24. Oktober 2014*

*Kann es denn die Wahrheit sein, kaltblütiger Kakadu! May, bitte bitte sag mir, wann ich endlich meine Finger still halten werde? Ich reiße ja selbst weiter, wenn mir der Hautfaden ins Fleisch schneidet. Harte Haut! Ganz wie du sie magst.*
*Ja, ich weiß. Fahre mir mit der abstehenden Hautschuppe über meinen Mund und urteile, ob weiter bearbeitet werden muss. Krank! Selbst wenn es brennt und schmerzt, ich kann es trotzdem nicht lassen. Ich muss weitermachen, verstehst du das?*

*Du bist einunddreißig und solltest damit aufhören. Die Hautfetzen müssen weg! Ich muss es zu Ende bringen. Bis es fertig ist. Mit dem Schmerz ist es wie mit einem Moment zwischen dem Leben und mir. Wie der*

*Augenblick, den Monet auf dem Seerosenteich erschaffen*
*hat. Es ist es ein Treffen zwischen mir und meiner Muse.*
*Mit dem Unterschied, dass deine Muse das Leid ist.*

„Piddeln", nannte Amys Mutter es. Ihr Vater titulierte
es als ‚gemütskrank'. „Wann willst du dir endlich dieses nervenkranke Verhalten abgewöhnen? So hungrig
kannst du doch gar nicht sein." Unaufhörlich ließ Amys
Vater sie spüren, wie abscheulich er ihre Angewohnheit
fand, wie widerlich, gerade für eine Frau. Es verging kein
Treffen, bei dem er ihr nicht in seiner inszenierten Für-
sorge klarmachte, wie furchtbar abstoßend er sie fand.

„Schau dir die Fetzen an", betonte er wie ein Wieder-
gabegerät, das in immer kehrenden Sätzen abspielte,
was als Echo in Amys Kopf wohnte.

Er fand, dass man bei diesem Anblick von Haut nicht
mehr sprechen konnte und dass ein Paar Handschuhe die
deutlich elegantere Variante für ihre Katastrophe abgaben.

‚'Angewohnheit' sagst du dazu? Ich nenne es Abgewohn-
heit. Zum Abgewöhnen, deine Selbstverstümmelung!"
Amy flucht, sie schwitzt. Ein Schauer fährt ihr über den
Rücken. Wieder hält sie ihre Finger vors Gesicht. Als lägen
sie unterm Mikroskop, betrachtet sie ihr Nagelbett. "Nicht
das mickrigste bisschen Hautschübchen. *Ich könnte Hand-
model werden*", blödelt sie. *Wer bin ich bloß gewesen*, fragt
sie sich ungläubig. Dann blättert sie etliche Seiten zurück.

*Sie lassen keine Gelegenheit aus, mich nicht loszu-*
*lassen. Aber Schmerz ist ja relativ. Noch nie in mei-*
*nem Leben habe ich glühende Wangen nach Hause*

getragen. Einen Spaziergang im Schnee gemacht. Noch niemals das Gefühl einer verfrorenen Nasenspitze oder das kalter Ohren verspürt. Jetzt wird mir kalt.

Amy blättert noch weiter in die Vergangenheit.

## 15. April 1999

Gütiger Kakadu! Es ist passiert, May! Ich dachte, ich träume. Sie hat ihn angeschrien. Beleidigt. Zum ersten Mal. "Du einsamer Irrer. Du Seelenmörder." Dann hat sie ihm Vorwürfe gemacht, dass ich es nicht anders kennengelernt hätte und so.

May, solange ich mich erinnern kann – sie hat immer die Klappe gehalten. Immer. Sie hat sich nie gewehrt. Nie verteidigt. Vor allem mich nicht. Dad konnte mit ihr anstellen, was er wollte. Wäre ich mit einem Tyrannen verheiratet, mich würde man von hinten sehen. Und Mom, endlich hat sie eine Entscheidung getroffen. Sie ging. Ich bin wahnsinnig neidisch auf sie. Weil sie mich zurückgelassen hat. Aber ich bemitleide sie auch. Dass sie es erst so spät getan hat. Weil sie schon längst tot ist. Wie ich. Mein Beileid. Es reicht für uns beide.

Amy rümpft die Nase. Sie pfeffert das Tagebuch in den Bücherhaufen. Was zum Kakadu hatte sie da geritten? Nach May zu suchen und dann auch noch in ihr zu lesen? Sie ist hin und hergerissen.

Aber schließlich greift sie erneut nach dem Buch, als wenn nichts gewesen wäre. Und sie schlägt es wieder auf. Das Papier, es knistert. *Wie Zauberbrause, die man als Kind auf der Zunge zergehen lässt.* Sie inspiziert die Seiten. *Muss irgendwann Saft drüber gelaufen sein.*

*Keinen Bock mehr. … blablabla … dumme Geschichte … umbringen … Schuld.* Ihr Blick löst sich vom Papier, schweift durch den Raum, als versuche sie sich zu versichern, dass niemand sonst im Zimmer sei. *Nicht verlieren,* fordert sich Amy ertappt auf. *Nicht verirren!* Doch es funktioniert nicht. Amys wirre Gedankengänge bahnen sich ihren alten Weg. Sie legt ihren Daumen auf die letzte Seite. Mit ihm lässt sie das Papier Seite für Seite rückwärts laufen. Mit einer Wischbewegung schiebt sie ihre rechte Hand in die Buchseiten. Ihre Vergangenheit kommt zum Stehen. Energisch liest die Stelle vor:

*"Aber ich kenne zum Glück den Herbst, der goldene Blätter bringt und Regen. Die Jahreszeit, die ihre Umgebung weinrot färbt und das Efeu wachsen lässt. Pfützen und Winde bringt. Der Herbst, der nach Zuckerrübensirup auf Kastanienbrot schmeckt. Für den gelbe Gummistiefel, Friesennerze und Mützen erfunden wurden. Ich weiß alles über den Herbst, in Europa Asien und Russland. Der Herbst ist unausschöpflich. Wie ein zweiter Frühling nur später. Die Jahreszeit, in der man Regenwürmer fischt und Wolkenformen in den Himmel malt. Die Ohren durchpustet und Lippen nach Hafer schmecken lässt. Die Drachen in die Lüfte jagt und Früchte bringt, die das Aroma eines ganzen Obstuniversums in sich tragen. Wie eine Mischung aus Wangenröte und dem künstlichen Rouge des Winters.*

Ich kenne den Herbst. Oh ja, ich kenne ihn. Herbst. erbst. rbst. bst. st. t! Und stetig verschwindet er. Immer ein Stückchen mehr. Bis nichts mehr von ihm übrig ist. Die Zeit vergeht und mit ihr seine bunte Fülle. Der Nachsommer verzieht sein Gesicht, wenn er genug von sich selbst hat, der Frühling ist ein verspieltes Gör und der Sommer? Der Sommer ist eine Diva, die nur erscheint, wenn sie Lust dazu hat. Ich habe viel über ihn gehört, doch ich erinnere mich kaum. Ich kann nicht sagen, was ein Gerücht ist und was die Wahrheit. Es ist, als hätte ihn mir jemand genommen. In meiner Fantasie trägt er den Regenbogen spazieren. In meiner Erinnerung aber, ist er schwarz wie Achat."

"Ich wollte schreiben!", dröhnt Amy plötzlich und hält die Luft an. Danach nickt sie stumm. "Schreiben", flüstert sie. Sie erinnert sich. In Amy arbeitet es. *Es ist eine gute Erinnerung.* Durchgefroren aber wild entschlossen blättert Amy ein paar Seiten weiter.

Die Tage wie Türkis sind mir die Liebsten. Sie kennen den Geschmack des Sommers, ohne ihn je erlebt zu haben. Die Hoffnung ist für jeden da. Dich zum Anagramm zu haben, May, gibt mir die Kraft zur Einfachheit zurückzufinden. Du bist mein Coprodukt! Und heute – heute ist der Tag wie Türkis.

# ACHATSCHWARZ

"Ist an ihm alles dran?", stöhnte Gregory unwirsch in den Kreißsaal hinein. Nachdem man ihm behutsam verkündet hatte, dass es sich bei seinem Sohn um eine Tochter handelte, übergab er sich. Martha hatte ihr Mädchen mit den eigenen Händen aus dem Geburtskanal gezogen. Deswegen bestand sie darauf, die Namensgebung zu übernehmen. Weise genug einzusehen, es könnte gefährlich werden, einer frisch geborenen Mutter einen Wunsch auszuschlagen, entschied Gregory einsilbig, aber alles andere als einsichtig, dieses Mal besser zu schweigen.

„Willkommen Amy!", schluchzte Martha und Gregory grummelte für einen Neuvater unbeeindruckt, irgendwas von „wenigstens eine McElroy" und „wir werden sehen, wo es uns hinführt".

Amys Mutter Martha war eine zierliche Person. Selbst in den letzten Zügen ihrer Schwangerschaft sah sie aus, als hätte sie sich eher die Eiscreme der vergangenen Feiertage schmecken lassen, keinesfalls aber, als würde sie bald schon ein kleines, lebendiges Bündel aus ihrer Gebärmutter pressen. Martha war die zurückhaltendste Person, die man sich nur ausmalen kann. Bei ihr traf diese „Stille Wasser sind tief"-Weisheit nicht im Geringsten zu. Sie verhielt sich stets angepasst, war niemals aufsässig und immer beherrscht, selbst wenn sie getrunken hatte. Das komplette Gegenteil von ihrem Mann. Als Gregory McElroy vor fünfzehn Jahren darauf bestand, Martha Hedge, die Tochter eines schottischen Schweinezüchters und einer Näherin zu heiraten, war ein heftiger Streit ausgebrochen. Marthas Familie prophezeite ihr, die größte Dummheit ihres Lebens zu begehen, würde sie dem ältesten Spross der McElroys die kalte Schulter zeigen. Gregory selbst bearbeitete sie eindringlich, sie bräuchte nicht im Traum daran zu denken, jemals einen besseren Mann in ihrem Leben zu finden. Gregory McElroy war es gewohnt, immer zu bekommen, was er sich vornahm, und was er wollte, war Martha Hedge und als Einsatz in die Waagschale warf er die finanzielle Unterstützung ihrer Eltern. Amys Mutter blieb keine bessere Wahl. Sie sagte vor fünfzehn Jahren Ja und meinte eigentlich Nein. Die Hochzeit fand in einem übertriebenen Rahmen statt. Das gesamte Universum an Nachbarn, entfernte Cousins und Cousinen, vergangene und zukünftige Geschäftspartner lud man zur Trauung. Ein paar Persönlichkeiten hier, ein bisschen Prunk da, nichts war romantisch, alles war vorhanden, aber mit wenig Liebe zum Detail, von allem zu viel und nur das Kostspieligste. Hauptsache alles sah so aus, als ob.

„Die anderen sollen sich was für die nächsten fünfzig Jahre zu erzählen haben", war Gregorys Devise und Martha graute es allein bei dem Gedanken an das erste Ehejahr. Sie ahnte, dass sie in einer Horrorshow gelandet war, die sich über ihre gesamte Lebensdauer ziehen würde. Unmittelbar nach der Trauung entschied Gregory, wie es für Martha weitergehen sollte. Er insistierte, Schottland nach der Hochzeit schnellstmöglich zu verlassen und nach Amerika überzusiedeln. Seine Chancen als angesehener Anwalt an der Ostküste in Boston zu landen, standen hervorragend. Martha folgte ihm. Verheiratet und hochschwanger, ließ sie ihr Leben zurück. Gregory war der Boss, Martha die Zierde. Ihre Eltern ließen sie ziehen. Obwohl sie wussten, dass Martha seine Kommandos stumm befolgte, diese aber ansonsten ignorierte, auch wenn sie ihm brav seinen Mittagstee servierte.

In den folgenden Ehejahren ging Martha jeder Diskussion mit ihrem Mann aus dem Weg, als wäre das Wort zwischen ihnen gestorben. Allein der Gedanke ihrem autokratischen Ehemann zu widersprechen, fühlte sich in ihrer Vision nach einem Kampf gegen ein unliebsames System an. Nötig, aber nutzlos.

"Pick your battles wisely", flüsterte ihr Vater eines Morgens in den Telefonhörer, wenn es überhaupt dazu kam, dass sie telefonierten. Gregory verdiente ordentlich, aber er blieb so geizig, wie ein Schotte nur sein kann.

Über nichts hatte Martha öfter in ihrer Ehe nachgedacht, als ihren Mann zu verlassen. Immer wieder malte sie das Szenario in ihrer Fantasie aus, aber sogar am 15. April 1999, nachdem sie wirklich den Mut zur Scheidung aufgebracht hatte, willigte sie allen Forderungen ein, die Gregory an sie stellte. Haus, Auto und Selbstachtung. Was weg war, blieb weg. Selbst der armseligste Versuch eines Vorwurfs prallte an ihm ab, als trüge er ein Schild. Selbstverständlich trat er bei den Verhandlungen als sein eigener Anwalt auf und wenn Gregory McElroy erstmal an Fahrt aufgenommen hatte, schlug er um sich wie ein Barbar.

"Du bist an allem Schuld!", gab Martha kleinlaut am Tag der Anhörung vor Gericht zu verstehen.

"Ich soll daran schuld sein, dass aus der Brut etwas geworden ist?"

"Du hast Amy krank gemacht."

"Krank? Meine Hände haben euch doch genährt, undankbares Weibspack."

"Sie verlässt das Haus nicht ohne sich jeden Schritt genau zu überlegen."

"Vom wem soll sie Disziplin lernen? Von einer Säuferin?"

"Amy leidet unter dir, du Seelenmörder!"

"Mir ihren psychischen Knacks in die Schuhe schieben wollen, wie angenehm ausgekocht von euch."

"Amy hat damit nichts zu tun. Lass sie in Frieden, du einsamer Irrer!"

"Irre, aber nüchtern."

"Du hast sie nie geliebt."

"Von Luft und Liebe kann man nicht leben." Marthas Augen füllten sich mit Tränen.

"Sie ist doch deine Tochter."

"Ich habe nicht um sie gebeten."

31. August 2001

Dieser beschissene Plan, May. Diese fuck Routine.
Wenn unsere Nachbarn morgens aufstehen, beginnt für
sie ein Tag. Für mich beginnt ein System.

Ich habe einen Fahrplan, an den ich mich halten muss.
Wenn ich es nicht schaffe, mich nach ihm zu richten,
alles abzuarbeiten, versage ich und wenn ich ihn ignoriere, werde ich bestraft. Nicht vom Leben, nicht von Dad.
Sondern von mir selbst. Von mir ganz allein. Von einer
fiktiven Idee in dem Kopf, der mir gehören soll. Ich kenne das Gefühl von Leichtigkeit nicht mehr, weil ich es
nicht zulassen kann. Meine blinde Gewohnheit hält mich
von Unvorhergesehenheiten fern und die Routine presst
mich in eine Ablaufform. Aber sie beschützt mich nicht
einmal. Sie engt mich ein. Sie kotzt mich an. Sie gibt
mir weder Halt noch ist sie mir eine Stütze, sie hindert
mich daran ich selbst zu sein.
Ist da nicht das geringste bisschen Stolz?
Das Gefühl von Stolz kenne ich nicht. Weil ich jeden
verdammten Schritt in meinem Leben an Bedingun-
gen knüpfe. Alle diese „Wenn ..., dann's ..." in meinem
Kopf, May. Nichts kann ich tun, nur um des Tuns
Willen. Und wenn mir der Tag in den Knochen liegt,
sehe ich nicht, was ich geschafft habe. Ich habe das
Gefühl, in Fesseln zu liegen. Aber es sind bloß die
Zwänge, die ich kreiert habe. Als würde ich lebendig
begraben in einem Sarg gefangen auf meinen Tod
warten. Dabei bin ich schon gestorben, so oft, obwohl

*ich noch am Leben bin. Werde ich jemals erfahren,*
*wie sich Überraschungen anfühlen, May?*

Amy lässt von May ab. Konzentriert versucht sie an die
Zeit nach der Scheidung ihrer Eltern zu denken. Die
Erinnerung daran findet sie in ihrem alten Haus. *Mom
hat mich verlassen*, rattert es in ihrem Kopf. *Dadurch ist
alles noch viel schlimmer geworden. Am Morgen aufzu-
stehen bedeutete für mich, Gas geben. Zumindest für Dad.*
„Aufstehen. Fertigmachen!", befahl er jedes Mal in einem Marine-Kommandoton. Noch ohne vollständig die
Augen geöffnet zu haben, hatte er Amy statt mit einem
liebevoll-väterlichen Wort, mit einer Ohrfeige geweckt,
sie anschließend aus dem Bett geschliffen und wie eine
Puppe am Bade- zimmerwaschbecken positioniert.

Er weckte sie üblicherweise zwei Stunden vor
Schulbeginn, außer sonntags. Wegen der Kirche. Da
patrouillierte er noch ein wenig früher. Damit keineswegs etwas schiefgehen konnte und Amy nicht
mal annähernd in die Lage kam, zu spät zu kommen.

Aufgeregt liest Amy weiter.

*Ich lasse das alles mit mir machen, May. Mein geisti-
ges Kind, ständig ist es verletzt, nimmt alles persönlich
und mein mentaler Manager, ein Tyrann. Wie mein
Dad. Schnappt mir jeden Drang, die Zeit zu genießen.
Ständig bin ich auf der Flucht. Muss Dinge erledigen. „Wenn du nicht tust, was ich dir sage, mach ich
dich fertig." Eindringliche Worte meines Vaters. Dank*

ihm ist mein inneres Team hundsgemein aufgestellt. Die gewaltigsten Konfliktpartner geben sich die Ehre und mein Kopf? Der hört einfach nicht auf. Niemals ist er still. Die Stimmen sind lauter. Während mein innerer Kritiker beginnt, mich für die geringsten Kleinigkeiten zu tadeln, ist mein seelischer Henker damit beschäftigt, mir aus allem einen Strick zu drehen, und ich gehe hart mit mir ins Gericht, May. Sehr hart.

Mir brauchst du das nicht erzählen.

Doch, weil du die Einzige bist, der ich es sagen kann. Wenn ich am Ende bin und meine Finger bluten, erinnere ich mich an die Beschimpfungen. Ich fühle mich nicht nur wertlos, ich bin es eben auch.

Er hat dich in der Hand.

Ja, und ich hasse mich dafür. Ich lasse es zu. Was soll ich auch tun? In einem Jahr bin ich endlich fertig mit der High School. Ich glaube, deswegen hat Mom mich nicht mitgenommen.
Ich gehe an Sonnabenden nicht mehr mit den anderen an die Piere. Stattdessen sitze ich an meinem Schreibtisch, und plane meine Wochen. Außerdem will ich endlich raus hier. Vielleicht ist etwas dran, wenn Dad sagt, dass ich mich als Frau umso schärfer anstrengen muss, wenn ich nicht als Hure enden will. Seit er mir das in den Kopf gepflanzt hat, kann ich nicht mehr damit aufhören. Ich muss meine Tage strukturieren.

Mein Leben ist zu einem ausgearbeiteten Dienstplan verkommen. Alles nach Plan. Die Ziele in Teilschritten getaktet, eingeschweißt in Kategorien, umrandet mit Neonfarben und umzirkelt in Bleistift, ausradierfähig. Stets zum Löschen bereit. Zeitmanagement und Leistung, seit drei Jahren mache ich das jetzt so. Dieser Zwang bestimmt mein Leben. Ich merke, wie mein Körper an manchen Tagen völlig k.o. ist. Mein Kopfweh ist fies. Meine Nagelhaut ein Trümmerhaufen. Und meine Gedanken kreisen um nichts, als den gigantischen Haufen Abschaum, den ich hinterlasse. Aber ich bin ja selbst dran schuld. Du bist wirklich die einzige Freundin, die mir geblieben ist. Wem sonst sollte ich beichten, dass ich in Lily verliebt bin? Warum würde mir jemand zuhören, wenn ich sage, dass ich mich fühle wie ein abgelaufener Wertcoupon? Wer würde mich verstehen außer dir? Die anderen fragen sich bloß, warum soll es einer wie mir schon schlecht gehen.

Weißt du das, oder bildest du dir das ein?

Ich mutmaße, May. Ich mutmaße nur. Es fragt ja niemand danach, ob es mir gut geht. Und wann immer ich an unsere glücklichen Familienmomente zurückdenken will, fällt mir auf, dass wir gar keine haben.

# SAPHIRVIOLETT

Amy hat ihre kurzen roten Haare zu einem Dutt gebunden. Inzwischen hat sie sich drei Mal die Hände
eingecremt. Sie duften nach Zitronenbuttermilch. Drei
Durchgänge wie an jedem Morgen. Sie hockt auf ihrem
Bett. Im Schneidersitz. In ihrem Rücken die papiernen
Zeitzeugen. Amy kann kaum glauben, dass sie das vor
achtzehn Jahren geschrieben hat. *Wie wenig sich verändert hat,* denkt sie, schließt May wieder und legt sie
auf das Nachtschränkchen. *Heute nicht, verdammt!* Es ist
genau diese Routine, an die sie zu keinem Zeitpunkt des
heutigen Tages gefesselt sein will. Stattdessen nimmt
sie sich vor zu trainieren. Nicht ihren Bizeps. Nicht ihre
Beine. Sie wird sich vor allem im Vergessen üben. *Der
Tag ist reif wie eine Avocado,* und sie wird das Verler-
nen von eingefahrenen Gewohnheiten erproben, wie
ein Orchester das harmonierende Zusammenspiel vor
einer Opernpremiere. *Erinnern ist eben doch das bessere
Vergessen.* Vorgestern hat sie ihrem inneren Manager
schon einmal die rote Karte vor die imaginäre Nase
gehalten. Sie wählte nämlich eine andere Route vom
Grocery Store nach Hause als üblich. Zuerst verhielt
sie sich noch etwas schüchtern, dann ging sie ihm aber

richtig an die Manschetten und machte sogar einen weiteren Stop in einem Bagel Shop. *Und ich werde es wieder tun,* beschließt sie, während sie sich vorstellt, ihrem inneren Entscheider eine fette Clownsnase aufzusetzen. Ihm, dem inneren Lenker, der ihrem Vater teuflisch glich, die Tour versauen! *Himmlische Vorstellung!* Er, der Amys Gefühle, ihre Bedürfnisse und Pflichten verwaltete und der an jedem einzelnen Fight zwischen Kopf und Bauch beteiligt war. Der Unfriede zwischen Bauchgefühl und Vernunft, der Clinch zwischen Herz und Kopf, der Quertreiber in ihrem eigenen Körper. Der innere Manager, der für alle Dilemmata, all den Kummer und den Schmerz verantwortlich war. Er, der sie in den seelischen Ruin und in die körperliche Insolvenz getrieben hatte und der sich jetzt mit einer fetten Abfindung davonstehlen wollte.

Nicht zuletzt durch Dr. Lee hatte Amy gelernt, dass ihre Ängste, die Routinen und „Ich-muss-klarkommen"-Gedanken, dass sie alle im Paket wieder zurückkommen könnten, wann immer es ihnen lieb war. Dieser Zustand, wenn die Gewissensbisse kreisen, um die immensen Berge, die man abzuarbeiten versucht, bei denen jeder einzelne Gedanke selbst wieder zu Erschöpfung und Überforderung führt. Der Augenblick, wenn Selbstdisziplin, Selbstachtung und Motivation wild winkend an einem vorbeiziehen. *Dann, genau in dem Moment, kommt sein Auftritt,* denkt Amy. *Meine Damen und Herren: der Angstzweifel. Er schleicht sich ein wie Pollen in Nasenlöchern und*

*sitzt fest wie Milben in Matratzen. Schafft er es erstmal aufs Tablett, zieht er mit Sack und Pack ins Bewusstsein ein, gibt vor, real zu sein, und bringt frecherweise alle seine Freunde mit. Unmut, Misstrauen, Skepsis.*

*Es gibt Angstzweifel und begründete Zweifel. Beide eint, dass sie die volle Aufmerksamkeit auf sich ziehen. Sie besetzen den Geist wie Autonome ein Haus. Egal, was man auf die Reise bringen möchte, Bedenken spielen meistens eine Gastrolle. Doch der Angstzweifel, dieser Schweinehund, er will mehr. Er nistet sich auf fremde Kosten im Kopf ein, fläzt sich gemütlich auf die vordersten Plätze. Am Ende bleibt die Arbeit, ihn zu überwinden, ihn wieder loszuwerden.*

*Arschgeige*, brütet Amy. Sie will, dass der Zweifler ihr inneres Team verlässt. Sie hat keine Lust mehr darauf beherrscht zu werden, von den Hirngespinsten, sie könne nicht gut genug sein.

*Enough! Heute wird nichts nach Plan laufen. Null!* Ihre innere Aufforderung zeigt Wirkung. Amy sieht sich weit entfernt von einer To-Do-Liste. Entschlossen zerknüllt sie ihren Stundenplan, der wie jeden Morgen neben ihrer Handcreme in der Schublade auf seinen Einsatz wartet. Jetzt liegt er gleich eines geformten Häuflein Elends auf dem dunklen Parkett. *Befreiend!* In ihrem Kopf ist ein erster Schritt nach dem Anfang gemacht. Soweit ist sie bisher nie gewesen. Sie fasst einen Entschluss. Sie will sich Gebote erlauben, statt Verbote auszusprechen. Sie nimmt sich zum Ziel heute alles zu können und nichts zu müssen. Jede Planung dieser Welt, sie wird ohne Amy passieren. *Achtsamkeit verläuft ohne Strichliste. Der Tag, er soll Türkis sein. Ungedanken unerwünscht! Entschieden.*

*Mal sehen, wie weit ich es schaffe.* Amy ist wild bereit, doch sie weiß nicht recht, womit sie beginnen soll. *Wie läuft das jetzt ab?* Ratlos legt sie ihren Kopf zur Seite. *Und was mache ich stattdessen?*

Amy schaut sich fragend um. Sie kichert verlegen, als nähme sie sich gerade selbst nicht so furchtbar ernst. In Wirklichkeit fühlt sie sich hilflos. Mit der Hand umfasst sie ihr Kinn. Dann streicht sie sich mit beiden Händen über die Wangen, massiert ihre Schläfen. Dabei blickt sie in Richtung der Türklinke. Noch immer hockt sie im Schneidersitz auf der Bettkante. Im Geiste zieht sie einen fetten imaginären Strich unter ihre Zweifel und drückt ihren Schwermut zur Seite, aber in der Praxis ist diese ganze Grübelei kräftezehrender, als ihr lieb ist. Mutig wagt sie einen weiteren Versuch. *Entspann dich! Konzentration!* Erleichtert über ihre überraschende Aufforderung atmet sie schließlich tief ein und aus und sie versucht mit all ihren Sinnen ihren Körper in den Stoff des Bettes hinein zu fühlen. Mit ihrer gesamten Aufmerksamkeit konzentriert sie sich auf ihren Unterkörper, erspürt ihre Sitzhöcker und merkt plötzlich, wie es in ihren Beinen zu kribbeln beginnt. Die Konzentration wirkt. Ihr Unterkörper wird tonnenschwer. Sie klappt ihre Beine aus, stellt sie auf den Boden. Das Gefühl der Schwere zieht von den Pobacken in ihre Oberschenkel, von ihren Knien über die Waden bis hin zu den Fußspitzen. Jeder Körperteil verwandelt sich in eine klumpige Masse. In ihrem Hirn kann sie sie nicht mehr unterscheiden. Alles gehört zusammen, sie ist eins mit sich und doch wieder nicht.

Amy hat das Gefühl, zu schweben. Mittlerweile hat sie ihren Kopf nach vorne fallen gelassen. Ihr Kinn ruht auf dem Brustbein. Ihr restlicher Körper scheint vom Hals gelöst und trägt all den Gedankenballast hinfort. Amy konzertiert sich so intensiv auf die Schwere, in der sie sich befindet, dass sich ihre Muskeln Stück für Stück lockern und sie immer tiefer in Entspannung fällt. Nach und nach versinkt sie merklich in der Matratze. Minuten vergehen, in denen sie dasitzt, die Augen geschlossen hält und ihr Zeitgefühl verliert.

Irgendwann drängt aus einem der umliegenden Häusern ein Beat an ihr Ohr. Die Melodie wird klarer. *Kalkbrenner. Der Nachbar. Deutsche DJs sind sein Ding. Schwer, an nichts zu denken. Sobald ich versuche, meinen Kopf stummzuschalten und mich zu entspannen, überlege ich, dass ich doch eigentlich an nichts denken wollte. Wo ist die Leere?* Amy ist genervt von ihrem Nachbarn. Vor allem aber von ihrem lauten Kopf. *Warum kann da nicht einfach mal Nichts sein?*

Diese Frage beschäftigt sie seit ihrer Kindheit. Als sie noch auf Bäumen hockte, um sich vor ihrem Vater zu verstecken und darauf wartete, dass nichts passierte. Doch so lange sie auf dem Ast saß – es geschah immer etwas. Spätestens wenn Gregory McElroy von der Arbeit nach Hause kam, während sie im knorrigen Ahorn verbrachte, dessen Wurzeln aus dem Erdreich herausragten und wie Elefantenbeine aussahen. Manchmal blieb sie den gesamten Tag, bis ihr Magen knurrte. Sie hockte und hockte und hockte. Nicht immer wusste sie, wie viele Stunden sie im Baum ausharrte und wie lange sie noch bleiben würde, aber sie wusste warum. Sie wusste nichts Genaueres als das. Sie verkroch sich zwischen den Ästen, hinter dem Blätterwerk, machte keinen Pieps und schaute, wie es unten zuging, weil sie nur von dort aus das Gefühl hatte, an nichts Schuld zu sein. Der Abstand half ihr, sich nicht verantwortlich zu fühlen. Sie konnte die Klappe halten und still sein. Sie fand nämlich, dass man zum Beobachten den Mund geschlossen halten müsse. Observieren bedeutete für sie, eine Aufgabe zu haben, nicht nutzlos zu sein, mehr zu wissen als die anderen, und wenn sie erst einmal oben war, dann behielt sie da unten alles im Auge. Alles.

Ob es nun der Postbote war, der die Briefkästen befüllte, der sabbernde Bernhardiner, der an seiner Kette lag und etwas einfältig dreinschaute, der Nachbarjunge, der emsig Saxophon übte und viel zu lange viel zu schräge Töne von sich gab, ob es die Vögel waren, die im Takt trällerten und sich über die Gärten hinweg zu unterhalten schienen, oder ob es der Bagger vom Grundstück gegenüber war, der piepend rückwärts fuhr: Irgendwas war immer los. Nie passierte nichts. Nirgendwo. Und wenn ihr Vater nach einem langen Arbeitstag nach Hause kam, ereignete sich noch mehr.

Sobald er mit seinem Mercedes auf den Hof fuhr, begannen Amys Hände zu schwitzen. Ihr Herz raste, sie war angespannt bis zum Erbrechen. Sobald die Autotür ins Schloss geworfen wurde, zuckte sie zusammen, weil sie genau hören konnte, wie Gregory gelaunt war.

Schmetterte er die Tür, so dass Amy das Gefühl hatte, die Fenster des Wagens würden zerspringen, war er weder gut noch schlecht gelaunt. Man sollte nicht unbedingt mit ihm spaßen, aber es ging immerhin auch keine Gefahr von ihm aus. Richtig schlimm wurde es erst, wenn er den Griff heftig kontrollierte, indem er gewaltig an ihm rüttelte, nachdem er bereits die Tür ins Schloss geworfen und sein Auto abgeschlossen hatte und der Wagenschlag in der Karosserie dumpf nachbebte. Bei der dritten Möglichkeit ging er als gut gelaunter Schotte hervor. Dann hob er die Wagentür schon fast andächtig in den Autorahmen und - er hatte getrunken.

Beim Betreten des Hauses konnte Amy die Stimmung anhand bestimmter Geräusche weiter analysieren. Sein Hustenprusten war einmal mehr Indiz dafür, ob er auf dem Nachhauseweg in der Whiskeybar halt gemacht hatte. Wenn er irgendwann heftig mit dem Schuh gegen die Katzenklappe trat, hatte Martha es nicht geschafft, die Wäsche rechtzeitig in den Schrank zu räumen, das Essen vorzubereiten, oder sie hatte sonst irgendeine Banalität nicht nach seinen Vorstellungen erledigt. Gregory McElroy bestand darauf, dass der Haushalt peinlich genau geführt werden sollte und alle Tätigkeiten abgeschlossen sein mussten, sobald er sein Haus betrat. Und er betonte immerzu, dass es seines war.

"Ohne mich, würdest du dir heute einen Schweinestall mit den Ratten teilen", Amy wusste nicht, wie oft sie das schon aus dem Mund ihres Vaters gehört hatte. Und auch sie erinnerte er in pedantischer Regelmäßigkeit daran, als würde sie es jemals vergessen. Er sagte, sie könne dankbar bis zur Hölle und wieder zurück sein, weil es ihr für einen Nicht-Jungen doch noch recht gut ginge. Kein einziger Tag begrüßte die Nacht, ohne dass etwas geschah. Immer passierte irgendwas. Bis heute. Auch jetzt.

# GRANATAPFELROT

Meine Gedanken ziehen Kreise, May. Immer wieder.
Sind erst mal nichts. Und niemand.
Doch auf ihre eigne Weise, gewöhnlich still und leise.
Sie sind genormt. Wenn kein Mensch sie formt.
Ob verletzlich frei, ob ungezwungen kreativ,
ohne Inhalt bloß fiktiv.
Der Mensch schafft es in zweifelhafte Kreise
und sich ab und normalerweise
kann niemand raus, noch rein,
in den erhabenen Käfig klein.
Wahrlich schwer ihm zu begegnen,
ohne sich ganz fest zu treten.
Obwohl der zarte Lebenshauch,
so manches Mal, man spürt ihn auch,
selbst wenn Mensch sich starr verhält,
sich unweigerlich durch Zeiten quält,
man verstohlen Stunde doch um Stunde zählt
gar keinen Ausweg sucht und wählt,
aus den Fängen des Seins, des Hier und Jetzt
kommt er dann ganz unverletzt
in die Freiheit der Natur,
(dem Umfeld ohne Garnitur)
zurück.

Der Ort, wo alles ist wie's ist.
Wo grüne Flur die Muse küsst.
Hier kann der Mensch sich endlich spüren.
Ein Stündchen, zwei im Nichts rumrühren,
dort kann er sehn' des Gottes Wonne,
unter der weiten warmen Sonne.
Fassungslos er die weiche Brise spürt und
triviale Gedanken zur Begegnung schürt.
Sich wohlig an den nächsten Baume schmiegt,
der ihn in den Schlafe wiegt.
Einmal müsst' der Mensch gar nichts verrichten,
nicht Schande,
noch Schmerz und Leid – mitnichten –
könnt' in Ruhe denken.
Grundlos Ideen in korrekte Bahnen lenken,
einfach lassen, es nicht zu fassen,
rasten ohne gänzlich was zu machen,
sich nach einer Zeit dann neu entfachen,
bis er irgendwann gedenkt,
dann wieder aufzuwachen,
um den Moment des einzigartigen Augenblickes zu
betrachten, sich auf den Kern zu konzentrieren,
nicht Macht noch Leistungsdruck regieren,
Erinnerung an den, der oben wohnt,
der in der Brust des Menschen thront,
sich selbst mit Zeit fein zu beschenken,
sein Herz in Rastlosigkeiten zu ertränken.
Doch was bleibt, wenn nicht vernarbt' Fassade?
Hinfort – mit der wahnwitzigen Dekade,
die heimlich still und leise

In bekannter Flugbahnschneise,
langsam stumm vorüber zieht.
Zeiger biegt. Nicht bewegt. Steht. Siegt.

Die Messer wetzt, und los dann hetzt,
denn seit eh und je der Mensch bestürzt,
sein Leben stets mit Unmut würzt,
und sich nicht in andere hinein versetzt.
Pausenlos nach Atem hetzt.
Was bleibt, sind mitnichten Hab und Güter.
Zu nutzlos zum Eigennutz,
nebst der weltlich fremd Gemüter.
Hauptsache, das fremde Sein
bleibt dem gewohnten Herzen fern.
Die Frage, ob er dann gut ist oder schlecht,
badet sich in neuem Licht,
denn wenn Mensch nur sich selbst im Zentrum sieht,
in dem er steht mit seinem Trieb,
pflanzt ein anderer mit reinem Stab
Ewigkeiten auf sein Grab.
Gestaltet frei auf dem Granit, was er nicht hat,
was niemand sieht.
Weil er sich einmal betten will, zufrieden selig bis er still
und ehrfürchtig dankend geht,
und nicht noch nach dem Ruhm sich sehnt.

Was nutzt dir oben überhaupt Samt und Seide?
Nebst der stinkend' Eingeweide,
einen Trakt tiefer spielt das Verderben Poker,
gleich bei der menschlichen Überreste Scherben.

Gar traurig zeig ich dir meine Augentränen,
die sich ihres Laufes schämen.
Sind in ihrem Kern so wahr,
präsentieren sich stumm verlorner Schar.
Verschwinden wieder, wie sie gekommen,
die Scham hat sie mir weggenommen.

Wenn ich jünger wäre per Gesetz,
welch fast lächerliches Altgeschwätz,
hab ich doch nichts von alten Traditionen,
die in unmenschlich vielen Köpfen wohnen.
Fast möchte ich vor Schmerzen scherzen,
Rache schürt zu viele Herzen,
die leidvoll stinkend ätzend Front,
hält mich wach wie einen Hirtenhund.
Aufmerksam und müde gleich,
werf ich mich aufs kühle Gleis.
Überlege kurz
dem Ende nah,
war ich
jemals
für
mich
da?

*Januar 2002*

*Das sind sie also. Die Momente fürs Familienalbum. Mein Selbstmordversuch!* Pünktlich ist es, das ängstliche Kind aus ihrer Vergangenheit, bei dem es sich um Amy selbst handelt. Ihre anfänglichen Versuche der Entspannung, sie haben sich wieder verzogen. Ihre Augen werden feucht. Mit zusammen gekniffenem Blick muss sie sich gewaltig anstrengen, von ihrem Tagebuch aufzuschauen. *Ich will es,* es fällt ihr schwer, sich zu lösen. *Zu spät.* Das Gedankenknäuel vergangener Tage, ein unzerstörbares Netz, das gerade wieder dabei ist, ihren Verstand zu umspannen.

Und plötzlich geht alles unheimlich schnell. Amys zusammengeschnürtes Gesicht entlädt sich. Schlagartig fällt alles von ihr ab. Ihre gesamte Vergangenheit scheint sich in diesem Gedicht aufzustauen, als befände sie sich in der Ecke eines brennenden Hauses, ohne Zuversicht, den werfenden Flammen ihrer Biografie zu entgehen. Ihre Geschichte holt sie ein, die Erinnerung packt sie an der Kehle wie ein Kampfhund und beißt sich so gewaltig fest, dass ihr schwindelig wird. Sie japst nach Luft. Die spitzen Stiche werden heftiger und in ihrem Körper fühlt es sich an, als würde ihr jemand alles Erlebte noch einmal mitten ins Gesicht klatschen. *Umbringen! Ich wollte mir das Leben nehmen,* Amys Sinne schärfen sich wie die Klinge eines Damastmessers. Ungeplant ist alles wieder da. Das ganze Paket.

Das Gefühl an damals kommt ihr hoch wie gegorene Milch. Amys Handlungsunfähigkeit. Sie, als kleines Mädchen, dann als junge Frau, allein, im Konflikt mit ihrem cholerischen Vater und im Kampf gegen sich selbst. Er, alles andere als ein körperlicher Überflieger, aber ein Koloss von Anwalt mit internationalem Rang und Namen. In seinen Kreisen bekannt als „The Killer". Er, der in jungen Jahren von seinem brutalen Vater selbst körperliche Züchtigung erfahren hatte und jetzt seiner Tochter nicht nur mit Worten eintrichterte, dass das Leben hart wie Pockholz war, und dabei keinesfalls so süß wie sein Harz. Das Verbot, Freundinnen mit nach Hause zu bringen, ihr eigenes Ohnmachtsempfinden ihrer Mutter gegenüber, die mit Depressionen zu kämpfen hatte, trank und selbst kaum stärker war als sie.

Amy hört Martha "Alles wird gut" sagen und "Chin up" und umso lauter sie die Sätze im Geist wahrnimmt, desto markerschütternder muss sie weinen. Sie jammert und schnieft und hockt auf ihrem Bett zusammengekauert, in sich zusammengefallen wie eine lang vergessene Pfingstrose, den Kopf so schwer. Sie schluchzt und wimmert, als hätte man einem Welpen auf den Schwanz getreten. Nach diesem Feuerwerk ist ihr Innerstes zu einer unvergleichlichen Leere verkommen, als hätte sie den Dreck nach draußen gefegt. Sie fühlt sich inhaltslos, irgendwie erleichtert, ihr Geist ist wie ein Holzstück, das an der Oberfläche schwimmt und mit dem Strom treibt, weil es keine andere Wahl hat. *Wahrhaftig. Leer,* durchfährt es sie und sie weiß nicht ganz was sie davon halten soll.

Amy wird bewusst, wie gerne sie jemand anderes gewesen wäre. Wenn sie es doch bloß geschafft hätte, sich selbst zu befreien! Sie erinnert sich. Dass sie viel lieber Journalismus studieren wollte, Bücher geschrieben oder im Kunstmuseum ihr Praktikum absolviert hätte. Dass ihre Liebe zur Natur und den Wolken, die ihr Vater nicht nur belächelte, sondern auch boykottierte und mit den Waffen eines Seelenmörders bekämpft hatte, so stark war und sie sich dafür hasste, nicht mächtiger gewesen zu sein. Dass sie niemals ein ehrliches Leben führen würde, weil sie ihrem Vater niemals sagen würde können, dass sie Frauen statt Männer anziehend fand. Und wie lange sie unter einem Dach mit ihm in Angst leben musste, allein, weil sich ihre Mutter feige davongestohlen hatte. ... An all das erinnert sie sich jetzt und ihr schlägt der Schmerz wie eine reale Backpfeife um die Ohren, so präsent ist alles noch.

Sie hat es schwarz auf weiß: Amy ist durch die Hölle gegangen und jetzt gerade, mit dem Lesen in alten Wunden, klopft sie erneut an ihre Pforte wie eine, die Wiedereinlass verlangt.

Nass geschwitzt klappt sie das Tagebuch zu.

Ihr Leben nach zwanghaften Handlungsmustern, ihre schweißtreibenden Nächte, in denen sie albtraumgeschwängert erwachte und nicht wieder einschlafen konnte. Die neurotischen Versagensängste, ihre Wut, ihre unbeantworteten Fragen nach dem "Warum tut ein Vater so etwas..."

Das stahlharte Schienennetz. Sie spürt es noch einmal ganz eng an ihrer Wange. Noch einmal lässt der anfahrende Zug ihren Körper vibrieren. Wieder nähert er sich ihr. Noch einmal klopft ihr das Herz bis zum Hals. Wieder ist die Erinnerung real. Das Blut pulsiert, ihre Nerven sind bis zum Zerreißen gespannt. Wie die Silhouette eines Geistes erscheint ihr Vater in der Szenerie. Weiß wie ein Leichentuch, rotgesprenkelt liegt er da, die Augen weit aufgerissen, sein Blick - tot, die peruanische Bauernkathedrale aus Eisen im Maßstab 1:500 mit täuschend echter Palatina-Fake-Nachbildung klebt fest in Amys linker Hand … *Hätte ich doch nur …* Plötzlich zuckt Amy zusammen. *Wie kommt die Miniatur in meine Hand? Warum stehe ich hier?* Amy geht einen Schritt auf die Kommode zu und stellt das Urlaubssouvenir zurück an seinen Platz. Sie atmet auf. Wischt sich die Tränen aus dem Gesicht und wirft sich aufs Parkett. Mit ihren Händen fängt sie sich gerade noch so ab. Die Dielen knarzen. *Dieser lästige Seelenschaumscheiß. Er lässt einen ja doch nicht in Ruhe.* Ihr Vater, eine Person, die sie nicht sonderlich weit gebracht hatte in ihrem Leben – oder gerade doch?

# MALACHITGRÜN

8. Mai 2017

May, ich kann gar nicht mehr damit aufhören.

Womit?

Die Tage Türkis zu sehen! Wenn man erst einmal damit begonnen hat, wird alles besser. Meine Kommunikationsfähigkeit ist zurückgekehrt, meine Tatkraft, mein Durchsetzungsvermögen. Es ist verhext, May, aber genauso ist es. An Tagen, die wie Türkis sind. Mir steht das Lächeln ins Gesicht gemeißelt. Ich lächle und lächle und lächle und – ich habe Zeit. Mir bleibt gar keine andere Wahl und wenn doch, dann würde ich sicher trotzdem die richtige Entscheidung treffen. Immer. Es gibt gerade keine falschen Entscheidungen. Weil ich mich richtig fühle. Weil ich mich fühle.

Wie?

Besser! Mir ist fast nach Lachen zumute. Ich spüre, wie Entscheidungen, die ich treffe zu Erfahrungen werden und weil Erfahrungen niemals falsch sind, mischen sie mein Leben auf wie Luftschlangen.

Aber es gibt doch auch schlechte Erfahrungen.

Sicher, May. Die gibt es wie Tee in Boston, aber in jeder Erfahrung steckt ein Saatkorn. Jedes einzelne ist zum Gedeihen verdammt. Im besten Sinne. Das Wachsen mit neuen Aufgaben und allen neuen Taten, die Veränderungen mit sich bringen, schaffen mir eine neue Sicht auf die Dinge. Und jeder weitere Tag, an dem mir die Möglichkeit gegeben wird, mein Wachstum als Bewegung zu erleben, ist ein Geschenk.
Wenn du dahin kommst, May, dann ist das gesamte Leben ein Geschenkkorb. Mit den unterschiedlichsten Inhalten. Du pickst dir das raus, was dir bekommt und was das Beste für dich ist. Dieses Geschenk bekommst du einfach so, ohne etwas dafür tun zu müssen. Genau wie das Leben selbst. Bist dahin brauchst du weder Geld noch Gold noch andere Gaben. Nicht, um einen neuen Tag zu erhalten. Wenn du dich bewusst dem Leben zuwenden willst, dann werden sie dir alle begegnen. All die kleinen und großen Chancen, die an jedem neuen Tag — und mag er auch noch so beschissen sein — auf dich warten. Allein das Atmen, May. Was für ein großartiger Vorgang. Unser Körper selbst! Was bringt er alles zustande und wenn du willst, kannst du sogar auf den Händen laufen.

Was ist, wenn ich eine Gelegenheit verpasse?

Das ist okay. Es kommt wieder eine andere. Der Einzige, der sich bewusst für jede neue Aufgabe entscheiden muss, an der es sich wieder neu wachsen lässt, ohne den verpassten hinterherzuheulen wie ein Schlossgespenst, bist du. Dein Wachstum und das Streben nach Glück beginnt durch nichts anderes als durch dich. Du kannst vielleicht deine Lebensumstände geraderücken oder wieder einreißen, aber eine Entwicklung passiert nicht durch das Verrücken von Lebensumständen wie bei einem Tisch, den man von einer in die andere Zimmerecke schiebt. Sie entspringt nicht in deiner Beziehung, passiert nicht durch deine Arbeit oder durch das Geld, das auf deinem Konto liegen mag. Die Reise beginnt in dir.

Manchmal gibt es Zeiten, in denen man das vergisst, weil niemand Einfluss auf das hat, was mit dir und um dich herum passiert.

Korrekt. Dann lautet Bejahung das Zauberwort. Das Leben bejahen, trotz mieser Zeiten. Es liest sich wie eine Floskel, sprüht aber nur so vor Charisma, wenn du es mit deinem Du füllst. Ein leeres Glas wird erst mit seinem Inhalt so richtig prickelnd und schmackhaft. Bejahung ist die Akzeptanz des Mutigen.

Aber Akzeptanz schwächt auch.

Richtig, May. Weil Akzeptanz auch Duldung bedeutet. Das ist ein äußerst verstaubter Begriff. Strahlt irgendwie wenig Anziehungskraft auf mich aus. Du hast recht. Es sollte vielmehr Anerkennung meinen. Aber dieser Gedankengang ist ohnehin wenig magnetisierend. Wenn Widrigkeiten die Dreistigkeit besitzen, in ihrem starren Wesen auch noch fordernd zu sein, also einfordern, akzeptiert zu werden, dann tut das jedenfalls extrem weh. Denn nein, leicht ist alles nicht. Es schmerzt, das Leben zu leben. All die verbindlichen Entscheidungen zu treffen. Sich jeden Tag aufs Neue über fiese Begriffe klar zu werden und sein depressives Leben auf die Reihe zu bekommen, jeden verdammten Tag, der doch ein Geschenk sein sollte.

Was ist mit all den verlorenen Chancen?

Gut, dass du noch mal darauf eingehst. Auf die vertanen Gelegenheiten. Auf die sogenannten Schicksale, die viel zu sanft abklingen, für das, was sie anrichten. Diese Schicksale, so hinterhältig wie der Tod selbst. An diesem ganzen Mist sind nicht die vermeintlich falschen Entscheidungen schuld, für deren Konsequenzen man selbst verantwortlich ist. Da passieren manchmal Dinge, die man ganz und gar nicht in der Hand hat. Krankheiten, Unfälle, Tod und Pech. Situationen, für die es kaum Erklärung gibt. Kein Handbuch, das "Lebensanleitung – Zum Umgang empfohlen" auf seinem Cover stehen hat.
Immer wieder gerät man im Leben in Situationen, in denen schlicht und ergreifend jedes Wort fehlt. Kein Patentrezept der Welt, das helfen könnte.

Aber Kakaduseidank, ich glaube – ich glaube –, ich hab's geschafft. Ich bin ein glücklicher Mensch geworden. Die türkisen Tage haben mich gefunden und ich sie. Was nicht bedeutet, dass mir nie wieder im Leben etwas Schlechtes widerfahren wird. Ich weiß, dass ich nicht vor dem Graublut dieser Welt geschützt bin. Ich trage ja keinen Wall um mich, der mich vor Einflüssen abschirmt, bloß weil ich mich dazu entschieden habe, glücklich zu sein. Es geht viel mehr um das WIE. Wie kann ich damit umgehen, wenn ich in einen riesigen Berg Mist laufe? Wenn es schon passiert ist, wie kann ich danach weiter machen? Darum geht es.

Sag mal.

Wenn ich davon ausgehe, dass mein Glückswunsch mit dem menschlichen Grundbedürfnis nach Frieden gleichzusetzen ist, dann geht es für mich um nichts, das materiell ist oder vergänglich. Nicht um Geld. Oder um Schönheit. Es geht um Sicherheit nach außen und um die Sicherheit nach innen. In Harmonie mit meinem eigenen Körper und in Frieden mit meiner Umwelt zu leben. Durch Ernährung, Gesundheit, Diplomatie und Empathie.
Man sagt, der Mensch strebe nach Glück!
Es ist es der Einklang, nach dem er sich sehnt, May. Der Einklang mit dem eigenen Selbst, die Einmütigkeit, die Eintracht, das Einvernehmen, die Entspannung. Harmonie, Seelenruhe, Stille, Stoizismus oder wie viele Synonyme mir für den Frieden sonst noch einfallen

*mögen. Frieden ist Glück und Glück ist Frieden. Beides schafft Ruhe. Ruhe, die es braucht im Leben, um den Krieg zu scheuen, aber den Konflikt zu leben. Seitdem ich mich dazu entschieden habe, dass das Glück nicht meine Zielankunft, sondern meine Reise ist, lebe ich zufriedener. Vielleicht lebe ich überhaupt erst seitdem. (...)*

Vor einem Jahr hatte Amy die Kündigung kassiert. "You are fired!" Es war nicht absehbar. Sie hatte nicht damit gerechnet. Auch wenn ihre Tätigkeit in der Kanzlei nie ihr Traumberuf gewesen war, dieser Tag hatte sie aus der Bahn geworfen. Dann kam Dr. Lee und May war da und beide halfen ihr gemeinsam, wieder zurück in die Spur zu kommen. Zumindest halbseitig. Denn da gab es plötzlich noch diese zwei Rollen auf der gegenüberliegenden Seite ihres Fahrzeugs, wollte man ihren Körper mit einem fahrbaren Vehikel vergleichen. Und eben diese waren dafür verantwortlich, dass sie nicht mehr strauchelte. Sie waren maßgebend dafür, dass sie es angegangen war. Das es! Mit sich. Und dem Leben, das mit ihr machen konnte, was es wollte.

Amy versetzt sich in das Jahr 2016. Ihr wird klar, warum das Nichts für sie bis heute nicht existiert. *Beim großen Korella, ich grübele zu laut. Ich habe es ja nicht einmal geschafft mich auf eine Meditation einzulassen. Stattdessen lasse ich mich von Beats aus dem Nachbarhaus ablenken und denke wieder nur an Dad. Ich bin allerdings heilfroh, dass ich über diesen Eintrag gestolpert bin. Er beschreibt ja wirklich das komplette Gegenteil von dem, was ich im letzten Jahr erlebt habe. Das muss eines meiner letzten Gespräche mit May gewesen sein.*

Als Amy noch vor einem Jahr jeden Morgen zur Kanzlei hetzte, sich abmühte, ihrem Boss gerecht zu werden und nicht wie jetzt, morgens um halb acht immer noch in ihrem Nachthemd im Bett zu verweilen, hatte sie nicht im Traum daran gedacht, auch nur im entferntesten über das Glück zu schreiben. Inzwischen würde sie sich von einer Kündigung nicht mehr entmutigen lassen. Sie würde schlicht und ergreifend nichts mehr zulassen, was ihr den Mut nehmen könnte. Jetzt würde sie – bildlich gesprochen – im Falle eines Falles fallen. Allerdings nicht ohne mindestens eine Hand an der Krone zu haben. Amy weiß heute, die Tatsache, dass sie zu einem glücklichen Menschen geworden war, machte sie nicht automatisch zu einem besseren Menschen. Sie deckte auf, dass nichts, außer ihr selbst ihr zum Glücklichsein verholfen hatte und dass es noch andere Nuancen zwischen Schwarz und Weiß gab. Und das war so einfach zu sehen! Überraschenderweise. Die Welt war grau und wunderbar.

Die Arbeit in der Kanzlei brachte ihr zwar ein gutes Einkommen, aber keine Einsicht, dass man nicht reich sein musste, um Glück zu empfinden. *Heath Ledger, Amy Winehouse, Chester Bennington. Was wäre bloß aus ihnen geworden, wären sie noch glücklich im Leben am Leben, statt reich verstorben zu sein? Geld nutzt niemandem zum Glücklichsein,* kommt es Amy in den Sinn und mit einem Blick, als hätte sie jemand in die Seite gezwickt, schüttelt sie den Kopf. *Natürlich gestaltet Geld das Leben problemloser. Es schläft sich beruhigend ohne Schulden oder Geldsorgen, aber viel Geld zu haben, ist nicht unbedingt leichter, als keines zu besitzen.*

(...) Und am Leben zu sein, macht echt Freude. An Tagen wie Türkis wird es Zeit, Stellung zu beziehen. Zu dem zu stehen, was man für ein Leben lebt. Der erste Schritt ist die Einsicht dessen, wie man lebt. Wie man atmet, aussieht, geht, wartet, spricht, denkt und lacht. Sich anzunehmen wie man ist. Das ist eine einsame und genauso bewusste Entscheidung. Danach kommt das Glücklichsein wie von selbst, immer ein Häppchen mehr. Wie eine Dosis, die man Schritt für Schritt erhöht, wie eine Bergwanderung, jeder Abschnitt bringt dich der Spitze näher. Du wirst merken, dass stetig alles ein bisschen türkiser wird, wenn du dich dazu entscheidest, DASS alles türkiser werden soll. Und selbst nach der krönenden Aussicht als Belohnung geht es weiter. Der Abstieg ist ebenfalls eine lohnenswerte Herausforderung und irgendwann geht es wieder nach oben. Hoch und runter. So ist man stetig unterwegs. Eine bewusste Entscheidung zu treffen, geht nämlich nicht selten mit Verzicht einher.

Was bedeutet Verzicht in dem Fall?

Gute Frage, May. Für mich heißt es, dass ich meine Gewohnheiten verändere. Wie ich es seit einem halben Jahr bereits tue. Nach der Kündigung dachte ich, mein Leben sei vorbei, obwohl ich sowieso nicht glücklich mit dem Job war. Ich musste eine Entscheidung treffen, auch wenn mir die eine bereits abgenommen wurde. Wachstumsschmerzen. Wie sollte es mit mir weitergehen? Aufgeben oder weitermachen? Einverstanden.

Fortsetzung folgt, aber wie zum Kakadu?
Der Sprung in ein selbstliebendes und dankbares Leben
scheint eben nicht ohne Schmerzen und Abschied
verbunden zu sein. Man hört ja nicht auf zu lernen!
Oder zu wachsen. Zumindest geistig. Es ist nicht meine
Umwelt, die sich für mich ändert und sich mir anpasst,
wenn Veränderung passiert. Ich tue es. Du tust es. Sie
und er tun es, May. Veränderungen tun manchmal weh.
Auch wenn nichts blutet oder brennt, Veränderungen
verursachen emotionale Schmerzen. Sie sind vergleich-
bar mit dem Gefühl, das man hat, wenn man etwas zu
vermissen beginnt. Du kannst keine Tabletten dagegen
nehmen oder sie mit Hustensaft heilen. Du kannst die
Umwandlung nur vollziehen, wenn dir klar ist, dass es
anstrengend wird und das wird es, weil du dich schon
lange an den gemütlichen Sofa-Zustand, dem Vorher, gewöhnt hast. Vielleicht auch nicht. Möglicherweise
wolltest du immer schon etwas verändern und hast es
einfach nicht geschafft. Irgendwann schaffst du es.

Und was ist an einem Nachher-Zustand so erstrebenswert?

Ich verwette meinen Hintern darauf, May, dass es sich
lohnt, wenn du es erst einmal versucht hast. Verdammt
lohnt, Kakadunochmal! Der Nachher-Zustand deckt
ziemlich genau auf, was du alles schaffen kannst, an
das du vorher nicht einmal geglaubt hättest. Er öffnet neue Türen, zu unbekannten Räumen, manchmal
Welten. Doch erst dahinter verbirgt sich, wozu du in

der Lage bist. Nämlich zu allem, was du willst! Du bist fähig. Groß. Mächtig. Die Früchte deiner emotionalen Saat beweisen dir mit vollen Händen, an denen die brüchigen Nägel deiner verdammt harten Arbeit sitzen, was du ausgehalten hast. Ernte sie, lass sie dir schmecken, und vergiss nicht, du schaffst noch viel mehr. Wenn es dir im Danach nicht gefällt, kannst du ja immer noch zurückkehren. Zurück in alte Gewohnheiten und Muster. Es ist ja viel leichter, die Dinge so weiter zu machen, wie bisher, als gar nicht erst zu versuchen sie zu verändern. Ich hätte es niemals für möglich gehalten, May, dass ich tatsächlich einen großen Einfluss auf mein eigenes Leben habe. Ich bin bis vor kurzem ganz blind davon ausgegangen, dass die anderen — wer auch immer diese sein mögen — die Fäden in der Hand halten. Zum Teil stimmt das auch. Zu einem großen Teil aber vor allem nicht! Ich bin der festen Überzeugung, dass niemand von Anfang an weiß, wie sein Leben verläuft. Aber genauso halte ich mir vor Augen, dass niemand außer mir mein Leben lebt, auch wenn genau das manchmal richtig scheiße schön ist. May, vor allem durch dich, habe ich erkannt, wo ich feststeckte. Dass es Zeit wurde und der richtige Augenblick gekommen war, mich den Hürden zu stellen, um sie zu überwinden, waren sie auch noch so grässlich. Ich war bereit, etwas aus ihnen zu machen, aus den Hindernissen, die mir im Weg herum lagen, in der Hoffnung sie in Zukunft nur noch selbstbewusster zu überqueren. Und das bedeutete, sie dickfett mit Türkisen zu besetzen, wie der Trophäensockel des FIFA Pokals mit Malachit.

Ich weiß, dass es sich wie blanker Hohn anhören muss, je nachdem welche Infernos du in deiner Vergangenheit schon erlebt hast. Ich denke, ich kenne dich und tue es eigentlich doch nicht. Auch wenn ich versuche dich zu durchschauen, dir aufs letzte Blatt zu sehen, ich weiß nicht, was du alles schon mitgemacht hast, wer du wirklich bist. Ich ahne nicht, wie viel Pech du schon im Leben erfahren hast oder welche Dramen dein Körper bereits hinter sich bringen musste. Ich hoffe aber, dass mein Gedanke stimmt und ich weiterhin daran glauben darf, dass jeder seine Lebensaufgabe hat, die ihn bestimmt und leitet und für die das Herz sich am Leben erhält. Es ist für jeden etwas anderes, deswegen verurteile ich nichts. Nichts. Besonders, wenn ich nur eine Minimomentaufnahme Einblick in ein fremdes Leben habe. Aus diesem Grund nehme ich mich nicht mehr so furchtbar ernst, mein Leben hingegen schon. Wenn du mich weiter fragst, May, dann dreht sich doch immer alles um diese zwei Fragen: einbrechen oder ausbrechen? Wenn dir etwas nicht guttut und du unter einer Last zusammen zu brechen drohst – brich aus! Falle aus der Rolle, lass dich an deinen Grenzen vom Wagemut kitzeln, ruhe dich nicht in deiner Sofaknautschzone aus, sondern durchbrich Hindernisse wie Düsenjäger Schallmauern und setze dich über Regeln hinweg, wenn es niemandem schadet. Mach dich auf jeden Weg! Brich auf, um nicht einzubrechen! Sei der Weg selbst, niemand kommt ohne Gabe zur Welt. Jeder hat (s)ein Talent. Du hast viel zu lange auf dich gewartet. Jemand und etwas erwarten dich. Auf deinem Weg. (...)

*Daran will ich wieder fest glauben* und zum ersten Mal fühlt sich Amy an diesem Tag sicher. Sie nickt zufrieden und ihr hüpft tatsächlich ein erstes, ehrliches Lächeln auf die Lippen.

# LAPISLAZULIKÖNIGSBLAU

*Dieser Seelenschaumscheiß! Er lässt mich einfach nicht in Frieden. Er zieht mich runter. Deswegen befinde ich mich auch genau hier. Am Boden! Da ist er wieder. Nebel. Überall. Gedanken, die meine Sinne verschleiern. Gedanken, aus der Vergangenheit gespeist, wie eine Schreibmaschine, die nur durch meinen Fingerschlag funktioniert. Ich habe sie getriggert. Meine Gedanken als Mangelerscheinungen, wie Brotsuppe zum Abend und morgens und für die Nacht. Das Gefühl, ich bin nicht gut genug. Für mich nicht, für andere längst nicht. Mindfuck! Ich schrumpfe wieder. Ich habe mich dahin gebracht, wo ich nie sein wollte. Bis zu den Abgründen meiner Existenz. Der ganze schlechte Stress, wie eine faule Kartoffel hat er sich zwischen meinen Ansporn und Mut geschoben. Mitten rein ins Getümmel voller Arschgeigengetue und Angstzweifelhämmern. Immer wieder immer wieder dieses Pochen. Krank. Krank bin ich geworden. Niemand hat es mir angesehen, weil ich keinen Gips um meine wunden Gedanken wickeln konnte. Mein Negativstress hinderte mich am Leben, zog mich in den Bann, sterben zu wollen. Frei vom Gedankennebel leben. Endlich. Lang gehegter Wunsch. Ich kam nicht dazu diesen Wunsch zu Ende zu denken, runter zu kommen. Ich kam einfach nicht zur Ruhe. Bis eines Tages – mein Stress war hausgemacht. Niemand Geringeres als ich selbst, Amy McElroy, hatte ihn erzeugt, selbst angerührt wie Marmelade und gleichzeitig auch wieder nicht. Meine Therapeutin weiß, ich bin nicht alleine an allem Schuld. Mitverantwortlich. Höchstens beteiligt. Mein Hirn ist eine Superheldin, sagt sie. Evolutionär gesehen ist das Einschießen auf Probleme eine Großhirnspezialkraft, sagt sie. Es stellt sich scharf auf Probleme, dabei knockt dieser Fokus das Genussempfinden radikal aus. Es geht da draußen nämlich nicht darum, was begeisternd und entzückend ist, was bei Instagram als hübsches Abbild der Realität gezeigt wird. Es geht in der Natur ums pure Überleben. Rationalität! Der Mensch allein steht nicht im Zentrum. Ich bin nicht der Mittelpunkt des Universums. Ich bin nichts … als ein Teil der Natur. Nicht mehr, aber auch nicht weniger. Meine Therapeutin hat auch erwähnt, dass wir erst überleben können, wenn wir damit beginnen unsere Emotionen zu deuten und über sie zu sprechen. Ich mag es nicht, Dinge totzureden. Sie totzuschweigen aber auch nicht.*

Amy ist eine Meisterin im Verdrängen. Gewesen. Anfangs hat sie noch versucht, sich gegen die Geister der Vergangenheit aufzulehnen. Ihre Bemühungen, sich und ihre Gedanken zu befreien, waren vergebene Atmungsversuche unter Wasser, weil ihr Wille immer und immer wieder gegen Wände zu prallen schien.

Ihre selektive Wahrnehmung funktionierte hervorragend. Nicht im Geringsten auf die überraschenden Umwege, rettenden Auswege und hoffnungstragenden

Brücken gerichtet, sondern eingeschossen wie ein Maschinengewehr auf die großen schweren Ziele, die sie sich zu allem Überfluss immer wieder selbst aussuchte.

Amy senkt den Kopf und schließt für einen müden Moment die Augen. *Diese Erinnerungen. Wie eine längst vergessen geglaubte Flaschenpost, verschluckt vom wütenden Waschen der Weltmeere, die nun wieder an ihre Oberfläche zurückfindet. Bis einem klar wird, dass derjenige, der sie auf die Reise geschickt hat, längst tot ist. Genauso fühle ich mich auch. Längst tot. Auf einmal ist alles wieder da.*

Vor allem die vielen Jahre in der ungeliebten Kanzlei waren der initiale Funken für Amy sich helfen zu lassen. Lange Zeit hatte sie sich zur Arbeit geschleppt. Bis zum Burnout. Ausgebrannt wie ein Fahrzeug nach einem Molotowcocktail. Ausgelaugt, überfordert, ausgenutzt. Sie spürte in diesem Abschnitt ihres Lebens ganz genau, dass ihre Routinen schon längst ein Eigenleben entwickelt hatten, die sie nicht mehr aus eigener Kraft stoppen konnte. *Würgegriff - Würgegriff - Würgegriff - Lächeln - Lächeln - Lächeln.* Amys Emotionswelt steht kopf. Sie merkt, wie sich alles in ihr zusammenzieht, wie bei einem Biss in ein Eisbällchen. Ihr wird kalt, dann heiß. Im nächsten Moment überkommt sie eine Gänsehaut. Sie versucht, sich zusammenzureißen. Es fühlt sich an, als hätte man ihr langsam und genüsslich eine Nadel unter die Fingernagelhaut geschoben und befohlen, sie dürfe jetzt nicht weinen, weil alles wieder gut werden würde. *Aber es fängt wieder an, ist unaufhaltsam, genau* wie sich ein Wespenschwarm nicht davon abbringen lässt, zu stechen, wenn man erstmal in ihm drin steht. All die geweinten Tränen, der hochprozentige Schmerz, die schlaflosen Nächte. *Es kommt alles wieder hoch.*

*Ich will nicht,* fleht Amy, *nichts davon. Lasst mich endlich in Ruhe!* Sie kneift ihre Augen fest zusammen, als wollte sie sie auspressen wie eine Limette. Ein Schauer zieht über ihre Schultern. Sie ballt die Hand zur Faust und schlägt sich zwei Mal heftig gegen die Schläfe. Augenblicklich durchfährt sie ein dumpfes Taubheitsgefühl. Ihr Kopf schmerzt. *Ich will nicht - ich will nicht mehr,* noch einmal haut sie mit voller Wucht in ihr eigenes Gesicht. *Ich will, dass es aufhört! Es tut noch genauso weh wie früher!* Nach weiteren Minuten besinnt sie sich, zwingt sich dazu. Sie bezwingt ihr Temperament und überzeugt sich vom Gegenteil. *Ich muss es gehen lassen. Alles. Ich will nicht mehr beherrscht werden. Ich will loslassen. Losgelassen werden!*

Amy schiebt und schiebt und schiebt und sie schafft es tatsächlich. Ihre Gedanken heben sie in einen Zustand, der sich verdächtig nach so etwas wie dem Nichts anfühlt.

Hat sie es geschafft?

Sie driftet ab und merkt plötzlich gar nicht mehr, wie lange sie da sitzt. Einfach da sitzt. Wie lange sie da sitzt. Wie lange sie da sitzt. Sitzt. Sitzt. Sitzt. Einfach so da sitzt. Ohne an irgendwas zu denken. Sitzen. Sitzen. Sitzen. Sitzen. Sitzen. Sitzen. Sitzen. Sitzen. Sitzen.

Sitzen. Sitzen. Sitzen. Sitzen. Sitzen. Sitzen. Sitzen. Sitzen. Sitzen. Sitzen. Sitzen. Sitzen.

*Lustig,* findet Amy. *Wenn ich jetzt einfach umgefallen wäre, weil ich vergessen hätte daran zu denken, dass ich sitze.* Ohne jeden Übergang kann sie wieder lächeln. Amy fühlt sich ertappt. Sie versucht, ihre Gedanken umzulenken. Probiert sich erneut auf das Nichts zu konzentrieren. *Ob das „Nichts" vielleicht gar kein „Nichts" ist? Ist es dann nicht automatisch wieder etwas? Vielleicht sowas wie die Suche nach meiner Körpermitte? Wie beim Meditieren? Oder Yoga?* Amy hat in ihrem Leben noch keine einzige Yogastunde besucht, aber genauso stellt sie sich eine vor. *Sitzen, auf harter Unterlage, auf der Suche nach der völligen Entspannung, mit dem Ziel, Balance zu finden. Den vollkommenen Ausgleich.* Sie streicht mit ihren Händen über die Dielen und streckt ihre Beine aus, setzt sich aufrecht. *Ich werde heute keine Verpflichtungen eingehen. Nicht mal eine lausige Pflicht. Es gibt nichts zu tun für mich. Nichts zu erledigen! Beschlossene Sache. Muss nichts leisten, wenn ich heute etwas erreiche, dann allerhöchstens den Anspruch, es für mich zu tun. Es gibt keine Erledigungen zu machen, keine Besorgungen, wenn ich etwas tue, dann, weil ich es will. Ich muss heute keine bahnbrechenden Entscheidungen treffen, wobei doch das ganze Leben ein einziges Beschließen von kleinen und großen Beschlüssen ist. STOPP! Schluss mit der Gedankenwälzerei! Keine Seelenschaumscheiße mehr, Federhaube flach anlegen und gut, Kakadusruh.*

*Ab jetzt!* Denkt sie laut. Sie will den Tag genießen. Sie wird ihn ganz mit sich verbringen, für sich alleine da sein und sich Zeit nehmen wie zur besten Teestunde mit Freunden. Sie steht auf, geht zurück zu ihrem Bett und lässt sich mitten auf die Matratze fallen. Die Notizbücher und losen Blätter begräbt sie unter sich. In dieser Position trifft sie die Entscheidung, ihr Bett für eine weitere Zeit zu hüten, auch wenn ihr Vater sie jetzt als „faule Pest" bezeichnen würde. Er hätte sie getadelt, wie ein Hauslehrer es tut, der sich um gesellschaftliche, nicht aber um pädagogische Angelegenheiten kümmert. Amy sieht das lange Verweilen in ihrem Schlafzimmer als Akt der Energie, als Tank für den Tag, als bewusste Kriegserklärung gegen jede Form von Burnout. Gregory hätte es als vergeudete Lebenszeit bezeichnet.

„Um neun Uhr noch nicht in den Klamotten. Das kennt man sonst nur von den Asozialen."

Für Amy ist es gerade mehr, als nicht bei der Arbeit zu erscheinen oder ihrem Alltag ein Schnippchen zu schlagen. Viel mehr. Es ist Rebellion gegen ihre Routinen und zugleich Revolte gegen ihren Vater. Es ist alles, was sie gerade tun muss.

Sie befindet sich in diesem einzigartigen Zustand. *Schwerelos, als würde man im Wasser treiben. Wenn man nicht mehr spürt, dass man nass ist, obwohl man in einer Wanne voller Flüssigkeit liegt. Wie Schweben.* Überlegenheit macht sich breit. Vor ihrem geistigen Auge sieht sie ihr Blut wieder ruhig in den Blutbahnen pulsieren. Sie atmet langsam und gleichmäßig. Sie versucht sich mit jedem Einatmen stärker auf ihre Atmung zu konzentrieren und sich vorzustellen, dass sie wie in einem Heißluftballon allen gedanklichen Ballast von sich abfallen lassen kann. Und tatsächlich. *Es funktioniert.* Sie lässt sich in die Kissen fallen. Sie versinkt im Stoff. Wie erschossen liegt sie da. In ihren Ohren rauscht es. Nichts Bedenkliches, bloß der Ozean. Langsam hebt sie den Kopf, rollt ihn nach vorne zur Brust, Wirbel für Wirbel, und merkt, dass auch er sacksschwer geworden ist. Ihr Kinn legt sie schließlich auf dem Brustkorb ab. Sie spannt ihre Bauchmuskeln an und spürt wie sie die Form bewahren. Dann fährt sie mit ihren Fingernägeln ganz langsam über die Steppdecke ihres Bettes und streichelt sanft über den Mantelstoff. Das wiederholt sie, bis sie ihre Hände abermals zu Fäusten ballt. Dieses Mal holt sie nicht zum Schlag aus. Ihre Fingerspitzen sollen nur die Handinnenflächen berühren. Sie ertastet die Vernarbungen aus der Vergangenheit und die frischen Striemen vom Brechen der Wachholderbüsche. Ganz behutsam krallt sie ihre Nägel in die weiße Haut, erspürt die Nagelkuppen, nur um sicher zu gehen, dass sie noch da sind. Danach dreht sie ihre Hände auf den Matratzenstoff. Dort verharren sie. Sieben ganze Minuten bleibt sie in dieser Starre.

Behutsam bringt sie ihren Oberkörper in eine senkrechte Position. Dann lässt sie ihre Schultern fallen, als hätte man die Fäden einer Marionette durchtrennt. Da hängen sie jetzt an ihrem Oberkörper, lianengleich, und scheinen nicht mehr recht zum Rest ihres Körpers zu gehören. Amy schiebt ihre zu langen Nachthemdsärmel in ihre Armbeugen, schickt eine Botschaft an ihre Beine.

*Bitte verknoten!* Dann falten sich ihre Beine übereinander und sie meditiert im Schneidersitz weiter. Etwas schüchtern versucht Amy, mit ihren Oberschenkelaußenseiten die Bettdecke zu erfühlen. Die Bettwäsche hat sie vorgestern frisch aufgezogen. Sie duftet blumig. Jasmin und Juniper. Lilien und Rosen. Bergfrühling mitten in New England. Immer wieder schieben sich die Sonnenstrahlen durch die unregelmäßigen Ritzen der noch immer verschlossenen Jalousien. Lakonische Lichtblitze tauchen auf und tunken den Raum abwechselnd in eine mal hellere, mal dunklere Stimmung. Die Sonne hat sich längst an den Schuppenwolken vorbei geschlichen und legt das Schlafzimmer in eine freundliche Farbe. Amy kann es spüren. Durch ihre geschlossenen Lider hindurch. *Mandarinenorange!* Es ist gar nicht so leicht, alles um einen herum einzubeziehen, ohne das Drumherum bewusst auszuschließen. *Immer noch Kalkbrenner. Ein Wecker.* Unter ihr die schleudernde Waschmaschine der Nachbarn, doch obwohl sie alles wahrnimmt, stört sie dieses Mal nichts.

Der Zustand, in dem sie sich befindet, ist stärker als Konzentration und zugleich entspannender. Die geistige Sammlung ihrer Kräfte und Möglichkeiten ist eine neue Grenzerfahrung für sie. Sie bezieht alles um sich herum mit ein, ohne sich zu blockieren oder von irgendetwas ablenken zu lassen. Wieder ziehen Spaziergänger an ihrem Fenster vorbei. Wieder lachen sie. Dieses Mal nimmt sie die Stimmen viel freundlicher auf. Alles um sie herum scheint weiter weg zu sein, als es in Wahrheit ist. Das Gefühl, im Sommer im Freibad zu liegen, um sich herum die Geräuschkulisse wahrzunehmen, ohne genau zu hören, was sie sprechen, und trotzdem wohlig unter ihnen nach dem Baden in der Sonne einzuschlafen. Jetzt zieht das gute Gefühl in ihr ein. *Sommer! Da bist du also. Mitten im Herbst Alles ist schwer, obwohl es leicht ist.* Sie fühlt ihren Herzschlag im Ohr. So verbringt Amy sieben, vielleicht zehn oder weitere fünfzehn Minuten. Wer weiß das schon, aber es ist auch nicht wichtig. Es passt für sie. Endlich hat sie die Eile verloren.

*Man sollte jeden Tag mit Zeit beginnen.* Gedacht hatte Amy das schon oft, aber  heute hatte sie es einfach gemacht. *Einfach ist nichts.* Sie hatte es endlich gemacht. Sie hat es sich endlich einfach gemacht.

# MONDSTEINWEISS

Es passiert, was passiert, was passiert, was passiert. Nie passiert nichts. Nicht in den Tagesthemen oder der Lokalpresse. Nicht bei den Nachbarn und in Amys Welt schon gar nicht. Immer war irgendetwas im Gange.

*Gibt's dieses Nichts überhaupt? Wenn ja: Wie fühlt es sich wo wie an? Fühlt sich das Nichts hier heiterer an als woanders? In einem fremden Kopf leerer als in meinem?* Auch wenn Amy es bis jetzt noch nicht geschafft hatte, nie an nichts zu denken, sie will versuchen ihre Gedanken an etwas Schönes zu verschwenden. *Jetzt. Cupcakes.* Amy findet, dass Cupcakes etwas Gutes sind. *Was noch? Rotbackige Äpfel. Erdnussbutter mit Himbeeren. Bowles of soup. Sonnenaufgänge. Bergseen. Kinderlachen. Gar nicht leicht, bei der Fülle an Möglichkeiten. Wie soll ich mich da festlegen?* Sie beruhigt sich mit dem Gedanken, dass neben Gräueltaten, Schrecklichkeiten, all dem Hass und den Unmöglichkeiten des Lebens besseres wartet.

*Himmelblau.*
*Wolken!*

Amy mag diese märchenhaften Dunstschichten. Plötzlich schießt ihr das Wolkentagebuch ihrer Kindheit in Erinnerung. Sie hatte Wolken dokumentiert, die über ihr vorübergezogen, während sie auf dem Elefantenbeinahorn zubrachte.

Mit der Kamera ihres Großvaters. *Eimerwolken!* Amy denkt an ihre erste Reise. Über Grönland war sie geflogen. Sie durfte am Fenster sitzen und war dort ihren Wolken ganz nah gewesen. *Wie Gebirgszüge einer Eislandschaft haben sie ausgesehen* und sie erinnert sich, dass das ewige Eis, das sie hin und wieder hindurchblitzen sah, ihren erfundenen Rollbergmonstern ziemlich ähnelte. *Das Eis, weiß wie Licht ist es gewesen, und so glänzend, als hätte es jemand mit einem Puderzuckergemisch bestrichen. Ganz frisch, als sei es im Moment gebacken und aufgetragen worden. Und die Wolken, als hätte sie jemand wie blütenweiße Farbe mitten im Himmel verschüttet - schütten - Regen - regnet es?* Amy mag Regen. In Boston regnet es immerzu.

*Ich liebe es, wenn sich der Wind im Ohr verirrt und man das Gefühl eines nie enden wollenden Tons hat. Ein Ton, der an die Weiten des Ozeans erinnert. Wenn der Wind die Haare erfasst, einzelne Strähnen packt und mir um die kalte Nasenspitze wedelt. Eine Mischung aus Kitzeln und Peitschen. Als ich letzte Woche auf dem Balkon gestanden habe und den Bäumen beim Leben zuhören konnte – dieser Wind während des Regenschauers – er hat mir die Demut zurückgebracht. Eine Empfindung, lang vergessen geglaubt. Stille. Im Einklang mit mir selbst. Inmitten eines freundlich wütenden Windes. Der prasselnde Regen, wie tobender Applaus,* ein toller Moment. Bäume. Die Muscheln des Himmelszelts. Wenn sie rauschen, hört es sich einfach nur vertraut an, und man hat das kleine Gefühl von Unendlichkeit. Es entsteht eine Idee von Ewigkeit. Ploppt einfach auf. Ja, ich finde Wind und Ozean und die Bäume, sie kommen der Ewigkeit am nächsten. Wind, Wasser, weite Wellen, Baumkronen, dieses Rauschen. Ein bisschen formt sich in mir das Gefühl von Freiheit, wenn ich an alles gemeinsam denke.

Ich sehe mich am Wasser, sehe mich am Ufer stehen und raus aufs Meer schauen. Ich befinde mich in einem Zustand ohne Zeit. Und dieser Moment, er fragt nicht danach, was als Nächstes kommt. Und es geht doch darum, im Augenblick zu leben, oder? Es ist dieser Meermoment. Ist das eine Erfahrung, die man erst an einem bestimmten Punkt im Leben macht? Im Moment leben? Ist das die Freiheit, von der alle reden? Den Moment im Inneren konservieren, bis zu dem Punkt, an dem man das Gefühl wieder gehen lässt? Wann ist der Zeitpunkt, einen Moment gehen zu lassen? Und warum muss man immer wieder neu loslassen? Es gibt kein Sein ohne Widerspruch. Loslassen gehört zum Genuss, es gehört zum Konzept des Glücklichseins – nicht wahr? Kein Schatten ohne Licht, kein Hoch ohne Tief. Keine Sonne ohne den Regen und inmitten dieses Wirrwarrs - ein Strohhalm. Einen Augenblick, irgendeinen, den niemand erkennt außer mir oder dir, in genau dem Moment, in dem du ihn erlebst.

Aber es gibt auch noch ein duzend Dazwischen. Regnerisch ist nicht das Gegenteil von sonnig. Der Moment ist nicht das Gegenstück zur Hektik. Graustufen. Auch sie sind da. Aber wenn der eine bestimmte Moment gekommen ist, *dann weiß ich einfach, dass er passiert, wenn er passiert, weil ich ihn erfahre. Und außer mir niemand sonst. Vielleicht. Die Kunst ist, ihn nicht bloß zu erkennen, sondern ihn zu erleben. Ihn zu nehmen, zu knebeln und ihn festzuhalten, als wäre es das Erste, was man für diesen Tag täte. Es ist wie mit dem ersten Kuss. Nicht klar, ob er gut ist oder schlecht. Wie Lakritze! Intensiv. Herb. Der Moment, in dem zwei Lippen sich begegnen und Schmetterlinge bäuchlings entladen werden. Als schenkte man ihnen nach einer langen Zeit im Kokon die Freiheit. Dieser bloße Moment, wenn alles kribbelt. Das Gleiche passiert mit dem Wind. Und dem Regen. Und dem Küssen. Die Melodie entlädt sich, die Blätter tanzen zum Dank und das Prasseln und Knistern, das Tosen des Windes, es wird heftig und heftiger. Er zieht pfeifend durch die Baumritzen und befreit das Geäst. Rüttelt sie ordentlich durch und die Tropfen, sie perlen an den Blättern ab wie Morsesignale. Dumpfer noch. Der Duft nach einem kräftigen Regenschauer, magisch ist er, zieht einen nach draußen, wenn man nicht schon längst dort ist, haftender wie Honig niemals sein kann. Was magisch ist, bleibt in Erinnerung, rührt im Bewusstsein Martini, erweitert es. Gäbe es den Geruch von frischem Regen in Flaschen, er wäre nichts Einmaliges mehr. Wie sähe unsere Erinnerung denn schon aus, wenn sie nur in unserem Handy steckte?*

Ungemütlich drängelt sich ein Wind in Amys Gedanken. Es weht nicht wirklich einer, den sie spüren kann, aber sie bildet sich einen ein, kann ihn hören. Es ist das Geräusch, das ertönt, wenn die Luft Zweige und

Blätterwerk, Markisen und Flaggen antreibt. Wenn sie ihre Kraft am Grün reibt und alles zum Zittern bringt.

*Da ist es. Dieses Peitschen, an das ich eben noch gedacht habe.* Amy rückt sich zurecht und mit den Gedanken, die sie sich ausgesucht hat, geht es ihr gerade richtig gut. *Regen. Ozean. Himmel. Flugzeug. Über Grönland. Wind.*

Sie starrt ins Leere. Sie ist ganz ruhig, aber ihre Gehirnzellen ackern. Vor einigen Wochen hat sie auf einem Blog ein Gedicht gelesen. Sie erinnert sich nicht mehr genau an den Titel. *Sich ins Wattegefühl legen. Das Schweben leben, oder so ähnlich. Nee. Sich ins Wattegefühl des Schwebens begeben. Majestätische Wolkenberge, die sich am Horizont auftürmen. Für eine Weile stillstehen, bevor sie weiterziehen. Als wären sie niemals da gewesen.* Amy kriegt nicht mehr alles zusammen.

*Wo gehen Wolken hin, wenn sie weiterziehen? Verändern sie sich? Verbinden oder lösen sie sich auf, bevor sie weggehen? Wieder dieses Nichts. Wolken sind wie Weltruhe. Unvorstellbar. Kaum einzufangen. Wolken dabei zuzusehen, wie sie sich mal bewegen und mal am Himmel stehen, mal zügig und mal langsam rollen. Sie dabei beobachten, wie sie der Endlichkeit unscheinbar am Nächsten kommen. Alles ist einzigartig, was nicht in der Masse untergeht. Die Beobachtung von Wolken hat mir gezeigt, was Zeitlosigkeit bedeutet. Zumindest habe ich eine Idee davon bekommen. Wolken bedeuten Zeit. Sich Zeit lassen. Wolken. Zeit. Wolken, sich auf die Wolken einzulassen, die sich als Fächer darbieten. Vereinzelt sieht man runde Spitzen, auf schillernde Weise,*

*bespannen sie fremdes Zelt mit einem Schleier. Räkeln und auch winden sich, bis in die tiefsten Ritzen. Das Oben tunkt das Unten leise, Wolkenberge werfen sich als stumme Geister auf unbemannte Boote. Sie verhüllen sich in reich bedeckte Schattenwelten, erzählen von dem, was niemand weiß.* Amy erinnert sich. Und wie.

### *Zwei Wattebausch frei im Wolkenmeer*

*fielen von ganz oben
nicht maßvoll ins Gewicht
Gingen hin
und würden
– einig offenbar
ganz fleißig mit dem Flusse fließen
während sie
luftig eingehüllt
Schattenküsse hinterlassen*

Amy schwebt. Sie findet sich, in einem unbeschwerten Teil ihrer Kindheitstage wieder. In einem Abschnitt wie im Familienalbum. Sie, auf einem Gartenstuhl, den Rücken gekrümmt wie ein Kätzchen, die Beine verknotet, den Mund kirschkerngefüllt, die erdbeerroten Haare zu Zöpfen gebunden, in der einen Hand eine Brauselimonade, in der anderen einen Bleistift, vor sich auf dem Schoß ein Klemmbrett aus Papas Bürobestand. Auf dem Klemmbrett ein Blatt Papier, in mokkabrauner Farbe. Sie thront da, wie eine gut gelaunte Fürstin, noch nichts ahnend, welche stummen Vorwürfe sie ihrem

Vater einmal machen würde, solche, die gerade ihren Kopf bewohnen, bearbeiten und beschweren. In ihrer Erinnerung beobachtet sie sich, wie sie Schmetterlinge und Sommerfliegen ausmacht. Sie quittiert alles, was ihr da draußen auf der Terrasse, groß wie ein Kreuzfahrtschiffsdeck und genauso gebohnert, vor die Augen schwirrt und nummeriert es sauber in der Tabelle auf ihrem Papierbogen.

Amy bemüht sich um einen lupenreinen Rückblick und erfreut sich an dem Gedächtnisandenken. *Ich versuchte tatsächlich eine authentische Insektologin abzugeben.* Plötzlich fällt ihr auf, dass sie astreine Gedanken an den Sommer hegt. An einen Sommer ihrer Kindheit. In Gedanken zählt sie die Tulpenköpfe, die aus dem Frühling ungleichmäßig verteilt übergeblieben in dem großzügigen Garten ihrer Eltern blitzen. Der Duft der quirligen, schwarzäugigen Susannen zieht ihr in die Nase und auch den, an die Rosenstöcke des Nachbarn hat sie noch nicht vergessen. In Symmetrie angeordnet, tauchen sie fast schon ironisch in ihrem Gedächtnis auf. Sie hat den Geschmack der Kirschen im Mund, der sich mit der Brauselimonade vermischt und es frech auf ihrer Zunge bitzeln lässt. Amy muss lächeln. Bis jetzt gerade hat sie verdrängt, dass alle schönen Erinnerungen Türkis werden können.

*Noch so ein seltsamer Vorgang - lächeln müssen.* Amy grinst. Noch einmal hat sie sich ein Lächeln ins Gesicht geheftet. *Tut gut*, findet sie und hat unwillkürlich ein

YouTube Video auf dem Schirm, in dem ein selbster-
nanntes Medium geschlagene fünf Minuten das Gesicht
verzieht, dabei mit den Fingern in den eigenen Speck-
wangen herumknetet und sich auch sonst für keine
Grimasse zu schade ist. *Muss mich wohl inspiriert haben,
wenn ich morgens um Fünf genau dieselben Verrenkungen
mache.*

Gerade findet Amy ihre Kindheitserinnerungen gar
nicht mehr so furchtbar grausam wie noch am Anfang.
Auf einmal denkt sie entspannt an gestern und vorgestern und an jetzt. Besonders aber an morgen. Die
Gedanken sind schließlich frei und mit einem Lächeln
als Seelenstreichler, ist alles nur noch halb so schwer.

# TÜRKIS

*So könnte wirklich jeder Tag beginnen. Mit Zeit und einem Lächeln. Nie hat es sich besser angefühlt,* stellt Amy fest. *Und ich habe es einfach gemacht. Auch wenn ich es mir nicht leicht gemacht habe.* Dann hat sie einen Wunsch. Zunächst formt sie ihn in Gedanken, bevor sie sich traut, ihn auch laut auszusprechen: "Have a good day!" Die Grußformel verlässt auf Anhieb ihr Bewusstsein und erklingt als Satz, der schließlich ihre Lippen verlässt. *Irgendwie komisch, sich selbst einen schönen Tag zu wünschen,* denkt Amy und nimmt es sich für später vor, auf dem Weg zum Bäcker einen Fremden zu grüßen. *Irgendjemanden auf dem Weg anlächeln und "Hallo" sagen. Wie lange habe ich das schon nicht mehr gemacht? Glückshormone verstreuen, Spiegelneuronen anregen und Liebe säen, so wild wie möglich.* Bei diesem Gedanken explodieren bereits Endorphin und Dopamin und verschütten ihre Glücksbotschaft wie eine geplatzte Milchpackung ihren Inhalt auf Küchenfliesen. Ihr Belohnungszentrum ist aktiviert. *Wieder ein Lächeln* und Amy schafft es sich selbst zu überraschen. Sie lässt es wirken. Gute Laune ist ansteckend, selbst ihre eigene. Sie meint, schon mal an diesem Punkt gewesen zu sein.

*Irgendwann im Juli vergangenen Jahres. Es ist noch gar nicht allzu lange her. May, ich brauche dich doch. Jetzt. Und immer wieder.*

## 27. Juli 2016

Tage wie Türkis. Wie Geburtstage fühlen sie sich an. Und sind es manchmal auch. Festlich sind sie und gewöhnlich. Weit wie der Ozean. Offen wie der Himmel. Sie fühlen sich an wie böiger Ostwind. Einer dieser Winde, der die Haare durcheinanderwirbelt. Solche Tage, die sich nach rasselnden Regenschauern anfühlen, einer dieser Regen, der dir durchs Gesicht bürstet. Sorte weiche Borsten, Pferdehaar. Erst wenn du das Gefühl hast, deine Haut spannt so richtig, so schrecklich schön, erst dann, wenn deine wildesten Lachfalten sich frech zurechtgelegt haben, bevor sie vom Himmelssturm wieder glatt gezogen werden, dann weißt du, was ich meine.

Wenn du im Wind stehst und vor Freude kaum Luft holen kannst, weil du das Gefühl hast, wirklich zu leben. Wenn dir das Gefühl geschenkt wird, ein Teil des Lebens zu sein, und du realisierst, dass du das Geschenk selbst bist, weil du dich so unglaublich lebendig fühlst, dass du es kaum aushältst, dann weißt du, es ist ein Tag wie Türkis.

Wenn er dir zu einem ehrlichen Erfolg verhelfen kann, der Tag, mit seinen intensiven und unliebsamen Hürden, indem er dein Selbstbewusstsein stärkt, deine Tatkraft antreibt und deinem Durchsetzungsvermögen guttut,

dann kannst du dich von den Strapazen und Beein-
flussungen deiner Umwelt zurückziehen. Gute Erholung,
May! Denn Tage wie Türkis geschehen immer dann,
wenn du sie empfangen willst. Sie sind lang. Sie beginnen immer und enden nie. Wenn du es willst, dann sind
sie ewig. Sie haben kein nächstes Mal, kennen kein 'bis
morgen'. Sie wissen nicht, wie sich gleich oder später anfühlt. Sie empfinden wie Kinder. Sie haben kein
Gefühl für die Zeit. Sie sind. Sie sind jetzt. Sie sind
immer. Oder nie.  Sie sind Magnolien, die ihre majes-
tätischen Knospen im Takt des Windes wiegen, schwer
und dennoch erhaben. Es sind die Tage wie Türkis,
die sich anmutig in dein Leben schleichen, wenn du
es willst. Katzengleich. Auf Samtpfoten. Gleichzeitig
sind sie so tapsig, dass du dich fragst, warum du sie
jemals übersehen hast. Sie fühlen sich nach Tanzen
an. Fast wie Drehungen auf Parkett, Pirouetten auf
dem Eis, Drahtseilakten in der Manege, Freischwim-
men im See und Drachenfliegen in der Luft. Wie die
Euphorie eines Konzertes durchdringen sie jede Zelle
deines Körpers und fordern dich heraus. Sie fordern
dich zum Tanz heraus, zum Tanz deines Lebens, zum
Fallschirmsprung, zum Austritt, Ausritt, zum Sege-
lausflug, zum Snowboardsprung über jenen Hügel, vor
dem es dir bisher graute. Tage wie Türkis sind alles,
was du willst. Sie stecken vollgestopft mit deinem Mut
in den Startlöchern, winken freundlich fordernd und
rufen dir zu, dass der beste Augenblick genau jetzt in
diesem Moment ist. Sie sind alles, was du dich traust
und alles, was bisher nicht. Alles, was du ausprobieren

willst und all das, an das du nie zuvor gedacht hast. Sie sind das, was du nicht für möglich hältst und all das, was doch. Sie sind der Anfang und das Ende. Bis jetzt. Sie zeigen dir das Gefühl, als könnte man niemals wieder aufhören, mit dem, was man noch gar nicht begonnen hat. Wenn deine Füße nicht mehr still stehen wollen, wenn alles kribbelt, wenn du spürst, dass ein Gefühl dich überkommt, das dir zeigt, du musst es tun, irgendwas, ganz egal was, du wirst wissen, wann es so weit ist, dann, wenn es kribbelt und dein Herz schlägt wie nie zuvor, dann weißt du, dass es so weit ist, es ist – jetzt! Und dann tanze! Und wenn du nicht tanzen willst, dann lass es wenigstens dein Herz tun.

Denn es ist die Ausgelassenheit deines Herzens, die dich zur Musik bewegen lässt. Es ist dein Herz selbst und seine Musik. Die Melodie deines Herzens. Denke nicht darüber nach, wie du dabei aussiehst, denke darüber nach, wie du nicht aussiehst, wenn du es sein lässt. Frage dich, was du verpasst, wenn du es nicht wenigstens versuchst. Sich zur Musik bewegen ohne Regeln. Ganz egal, wie es aussieht. Was zählt, ist das DAS. Wann hast du dich zum letzten Mal bewegt, als wär es dir egal? Als wäre es das Letzte, was du tust? Wann hast du zum letzten Mal getanzt, als wäre der Tag Türkis? Wenn es nicht das Tanzen ist, dann ist es sicherlich etwas anderes. Sing! Spring! Schrei! Sag! Sei! Tu irgendwas!

Tage wie Türkis tragen Pudelmützen und trinken heiße Schokoladen zum Kaffee, mit Sahne und ohne, mit Marshmallows und Kakaobohne. Süßer Mäusespeck, der langsam an der Oberfläche zerfließt wie Wachs an Kerzendochten. Tage wie Türkis krakeln mit abgebrochenen Holzfarben und knalligen Wachsmalstiften in Malbücher und hören Jazz. Oder Rap. Dabei swingen sie im Leben. Sie duften nach frischen Orangen und überreifen Limonen, schmecken nach klebrigen Honiglakritzen und schreiben lustige Reime in Poesiealben. Sie hinterlassen Lebensweisheiten in noch unbeschriebenen Notizbüchern. Sie kleistern Sprüche an Klotüren und kleben Sticker an Straßenlaternen. Und sie mögen Zimtsterne. An Weihnachten und auch an Ostern. Und Kirschkerzen und Kaugummis. Vor allem Kaugummis. Kugeln, Streifen, Drops und Schlangen. In rotes Stanniolpapier eingewickelt und nackt. In Kaugummiautomaten getürmt, in Gläsern aufbewahrt. Überhaupt sind Tage wie Türkis immer auch ein Stück weit mit Zitronenzucker überzogen. Sie schlecken Karamell von langen Stiellöffeln und rühren Milchschaum in Schwarztees aus Lieblingstassen, die dampfend Apfelmelissengeist ausatmen. Sie gießen Sahne in Karaffen und schlagen noch mehr für Blueberryscones. Sie stibitzen die Butterstreusel von Apfelblechkuchen und mischen Lebensmittelfarbe in griechischen Joghurt, bemalen ihre Nasenspitzen für eine bessere Welt und schlecken sie genüsslich ab. Sie naschen Seetangsalat aus Holzschüsseln und pellen Mangogummis aus gelben Knisterpapieren. Sie kratzen Parmesancracker von Schieferplatten und falten Namensschilder aus Seidenpapier. Vielleicht. Vielleicht tragen sie auch dunkle Basketballkappen und verlieren gerade einen Wackelzahn

oder haben nicht mehr viele davon im Mund. Möglicherweise liegen sie in Parkanlagen unter Trauerweiden an
Ententeichen oder auf Parkbänken voller Eichhörnchen-
nester, eingedeckt in der Tageszeitung von heute, mit
den Tagesthemen von morgen, mit Schnee von gestern.
Vielleicht haben sie einen TetraPak Chardonnay an ihrem Schlafsackende stehen und eine Fischercordmütze
übrig von der See, mit der sie vor den Vorbeiziehenden
salutieren, die bis oben hin zugeknöpft unterwegs zu
ihren Altbauwohnungen in Szenevierteln sind. Vielleicht
winkt einer der Beanzugten freundlich, hebt gütig die
Hand zum Luftkuss, grüßt mit zehn Dollar in den Hut
und streicht ihm flüchtig über den Armrücken. Vielleicht
haben Tage wie Türkis ein Zuhause, vielleicht aber auch
nicht. Am Eingang eines jeden Hauses scheidet sich
das Drinnen von der Außenwelt. An Tagen wie Türkis
jedoch, wird niemand vergessen. Oder zurückgelassen.
Jeder hat sein Lächeln hübsch verpackt gleich mitge-
bracht und zusammen mit der kleinen Würde, hat der
Tag wie Türkis seine Türe weit geöffnet und es sich im
Hauseingang zum Gruß gemütlich gemacht.
Es gibt weder etwas zu versäumen, nichts zu erledigen
noch etwas zu beweisen. Es zählt weder deine Position
auf der Arbeit noch dein Ansehen in der Nachbar-
schaft und schon gar nicht wie viel Papiergeld du auf
dem Konto hast. Genauso wie diese Summe nichts
weiter als eine Zahl, ist es die auf deiner Waage schon
lange. Ebenso hält es sich mit der deines Alters. Deiner
Größe. Alles bloß Ziffern, kleine Nummern. Sie fallen
maßlos ins Gewicht, wenn du ihnen gigantisch wenig

Aufmerksamkeit schenkst, außer du willst es. Sie sind nichts weiter als Orientierungshilfen, doch in der Masse bleiben sie fremd. Wenn du dich jetzt der Behauptung hingibst, dass ich gut reden kann, dann urteilst du falsch und falsch ist nicht gleich schlecht, nur anders. Du magst davon ausgehen, dass ich ideal und gut gebaut bin, eine optimale Figur habe, mit der ich attraktiver bin, attraktiver als du oder er oder sie. Du magst davon ausgehen, dass ich die richtigen Worte finde, mit denen ich treffender formulieren kann, treffsicherer als du oder er oder sie. Du magst davon ausgehen, dass ich Geld habe, mit dem ich es mir königlicher machen kann, königlicher als du oder er oder sie. Aber weißt du was? Du denkst zu viel.

Hast du schon mal darüber nachgedacht, dass genau diese Gedanken dir im Weg stehen, Amy? Dass genau diese Gedankengespinste der Grund dafür sind, warum du nicht glücklich werden kannst? Weil du dein Leben in Zahlen und materiellen Gütern misst.

Danke für den Einwand, May. Dabei sind Reichtum und Wohlstand für meinen Vater die Kriterien zum Glück. Nicht für mich. Ich weiß, dass es immer jemanden geben wird, der mehr hat als ich. Da wird immer jemand sein, der etwas anderes besitzt. Da wird immer jemand sein, der reicher ist. Der leichter ist, der größer ist, der belesener ist, der weiter gereist ist, der schwerer ist, kleiner ist, lauter, leiser, besser, schneller ist als ich. Die mit dem luxuriöseren Auto. Der mit dem offeneren

Verdeck. Sie mit dem todschicken Schuh. Er mit der fetten Uhr.

Ich sage dir, Geld ist nie ein Maßstab zum Glücklich-sein, höchstens zum Durchatmen und Sorgen mindern. Aber nur soweit, bis du merkst, dass du dir von deinem Geld nicht das kaufen kannst, was wirklich im Leben zählt. Wenig ist viel wert und Wert ist immer zwi-schenmenschlich.

Güter sind nicht wichtig, einflussreicher jedoch ist das Gut. Gut ist vielleicht nicht fantastisch, aber für dich genau richtig, meint perfekt. Perfekt nicht im Sinne von makellos, mehr ausreichend, weil es reicht und in beidem steckt „reich" und das bedeutet „von etwas viel". Wie Sand am Meer. Und Sand und Meer sind Türkis.

Reich sein kann man nicht nur mit Zaster auf dem Konto. Es bedeutet auch, reich an Erfahrungen zu sein. Oder Erinnerungen. Oder Freunden. Wenn ich reich an guten Menschen bin, die mich umgeben, dann habe ich eine gesunde Anzahl derer, die ausreichen, um mich im Leben durch tiefe Schluchten zu tragen, genauso um mit mir in höhere Sphären zu starten. Vielleicht sind es zwei, vielleicht eine ganze Handvoll. Ich hoffe, es ist wenigstens einer, so wie du es für mich bist, May.

Wenn ich reich an Wertpapier bin, dann sagt das erstmal nicht viel über meinen Zufriedenheitsstatus aus. Genauso wenig darüber, wie viel Freunde ich habe. Die größte Freude an einem saftigen Vermögen bringt erst die Hochherzigkeit und die ist, runtergebrochen, die Liebe zu einem Nächsten, ganz ohne religiöse Fä-den spinnen zu wollen. Nächstenliebe geht immer. Es beispielsweise gut mit seinem Geld zu meinen, für sich selbst und andere, ist nächstenlieb. An Tagen wie Türkis denkt es sich realer darüber nach, warum nicht jede Obdachlose ein Engel und nicht jeder Millionär ein Teufel ist. Türkis ist das Miteinander, das Unterschiede zu Besonderheiten macht. Gemeinsam besonders sein. Auch wenn wir alle unterschiedlich sind: Was uns vereint, sind das Große und das Ganze, das Menschsein. Dass wir eine Mutter und einen Vater haben, die uns zu einem von vielen Menschen gemacht haben, obgleich wir einzigartig sind. Doch Flügel verleihen, kann auch die Familie zweier Väter oder zweier Mütter. Elternsein, bedeutet nicht Mann und Frau, sondern auf unterschiedlichen Wegen, von diversen Menschen das Beste für sein Kind zu wollen und das tut man in erster Linie als Individuum, das liebt. Nicht als Frau oder Mann oder Elternpaar. Menschsein bedeutet, Menschlichkeit. Zu irren, Fehler zu begehen, auszuhalten, sie einzugestehen, sie einem anderen ebenso zu erlauben, im Gespräch zu bleiben und sie zu klären.

Oft sehe ich Menschen, doch ihnen fehlt es an Mitmenschlichkeit. Warum?

Du hast recht. Viele verstecken sich. Die Masken, die die meisten Menschen tragen, sind vielfältig. Sie sind mal bunt, mal schwarz, weiß, mal grau, mal braun bemalt, mit Mustern bepinselt und andere reden doch nur hinter vorgehaltener Hand. Trotzdem haben alle Maskenbildner eines gemeinsam: Sie verhalten sich.

Irgendwie. Angepasst. Artig. Menschenfreundlich oder nicht. Die Liebe jedoch, sie ist ehrlich. Sie verhält sich nicht. Sie ist. Sie besteht aus zwei Silben. Also gehören mindestens zwei zusammen. Umso mehr, umso besser. Vielleicht. Jeder wie er will. Mein Türkis ist nie das eines anderen. Mitmachen kann aber jeder, der ihr gut gesinnt ist, der Liebe. Mit ihr ist es wie mit dem Glück: Die Liebe wird nicht weniger, wenn man sie teilt. Sie ist allmächtig. Viele sagen sogar, Gott selbst sei die Liebe.

Also steckt das Göttliche in allen von uns?

Frag doch so etwas nicht, May. Ich bin doch nicht der Bürgermeister oder Gott. Ich weiß nichts, nur, dass die Liebe für mich der stärkste allen Glaubens ist. Es gibt die Liebe in vielen Versionen. Von affektiv bis zentrisch. Von aggressiv bis fanatisch. Die Liebe an sich jedoch, kennt kein Ende, wenn sie ehrlich ist und keine Maske trägt. Liebe ist ohne Limit. Sie ist ein Gefühl, das siegt ohne davon zu profitieren. Es gibt sie zwischen Menschen, Tieren, in allen grammatikalischen Zeitformen, in sämtlichen Epochen und in allen Lebenslagen.
Liebe ist die Antwort auf alles und die Frage nach Nichts. Liebe ist größer als Hass. Sie überdauert. Sie verschwindet hier und da, aber nicht für immer und nicht bevor sie an anderer Stelle wieder auftaucht. Sie zerstört nichts. Sie ist ungefährlich, sie ist keine Waffe, kein Schlachtfeld, höchstens unerklärlich. Vor allem verzeihlich. Wenn sie schmerzt, dann hat sie aufgehört zu sein. Nicht plötzlich. Sondern schon sehr sehr lange.

Sich zu verlieben geht rasch. Lieben ist ein Prozess. Entlieben auch. Die Liebe tut nicht weh, sie heilt, sie schützt. Sie trennt sich nicht von dem, was ihr wichtig ist, sie kämpft und sie arbeitet und sie behält, wenn ihr an etwas gelegen ist.

Manchmal tut sie scheiße weh. Die Schattenseite der Liebe ist dunkel. Im besten Falle wächst das Rückgrat, mit jedem Ereignis, mit jedem Schlag in die Magengrube weiter in die Höhe. Nach jeder Trennung geht man ein kleines Bisschen aufrechter, jeder Verlust kann auf längere Sicht wie Medizin wirken.

Oder Gift.

Danke für die Erinnerung, May. Ich habe nicht vergessen, dass sich jeder Weg zur Selbstliebe lohnt. Ich wusste bloß nicht immer, wie ich es umsetzen sollte. Der Weg der Eigengüte und Selbstherzlichkeit wird immer belohnt. Von niemand Geringerem als von dir selbst! Nach jeder Entwicklung kommst du ein Stück mehr bei dir an! Du lebst in Selbstliebe, wenn du merkst, du bist liebenswert, gerade dann, wenn du nicht makellos bist. Du reichst, weil du reich bist, an dem, was dich ausmacht. Es gibt dich nicht nochmal. Nimm dich so wie du bist, alle anderen sind schon da. Es gibt nichts von dem, was dich ausmacht noch einmal. Es gibt kein Ideal von dir. Du bist (d)ein Ideal.

Und wie schaffe ich es auf diesen Pfad?

Ganz einfach, dein perfektes Bild ist ausschließlich in deinem Kopf. Hinterfrage jeden Fake. Wie siehst du dich? Wie erlebst du dich? Wie behandelst du dich? Authentisch? Ehrlich? Wie aufrichtig bist du zu dir? Wie fair gehst du mit dir um? Sei manchmal weniger hart zu dir, und öfter dein bester Freund oder so wie du, meine beste Freundin. Radikale Akzeptanz! Rebellische Selbstliebe! Hinterfrage mal, ob nicht ein großer Teil deiner Gedanken eingefärbt ist, in den Farben aus dem Leben der anderen. Wie viel von der Meinung über dich selbst ist verfälscht? Durch die Werbung, durch Social Media oder den Zeitschriften eines vorgegaukelten Reallifes. Es ist Fantasterei, wie eine gute Geschichte aus fremden Köpfen. Bloß ein Mini-Ausschnitt des wahren Lebens. Werde dir darüber bewusst, dass ein Leben nicht in einer Storytime auf YouTube stattfindet, nicht in einem hochgeladenen Urlaubsbild auf Instagram und auch nicht in Film oder Fernseher Zuhause ist.

Nichts ist dein Leben, wenn es dich nicht betrifft. Deine Realität wartet draußen vor der Tür. Nicht im Abbild der Industrie oder im Profil von Scheinpersönlichkeiten. Lasse dich inspirieren, aber lass dich nicht herunter ziehen oder den Neid in die schüren. Lerne, dein eigener wichtiger Mensch zu sein, bevor du das Leben Dritter als zu wichtig erachtest. Betrachte dich als VIP und hänge nicht am Erfolg von Unbekannten! Anerkennung ist wichtig. Wähle wohl durchdacht, von wem du sie dir wünschst. Die Liebe zu anderen fängt in dir selbst an und an Tagen wie Türkis kannst du das testen.

Ich kann erst gut zu anderen Menschen sein, wenn ich gut zu mir selbst bin, also tue ich so, als ob. Ich brauche mich. Und du dich. Damit wir füreinander da sein können. Ich tue so, als würde ich mich mögen, als hätte ich alle Zeit der Welt für mich. Die Liebe tut mir ja nichts. Allein Gutes. Die Liebe schadet nie. Ihre dunkle Seite bleibt an den Tagen, die wie Türkis sind, verborgen, so als wüsste man zwar, dass sie existiert, aber so, dass man sie für eine Weile getrost in die Ecke stellen kann. Da wartet sie guten Gewissens auf ihren nächsten Auftritt wie eine geduldige Primaballerina. Genau wie in jedem Menschen zweierlei steckt, das Gute und das Böse, steckt es auch in der Liebe. Wo es Licht gibt, fällt auch Schatten. Die Liebe hat den Hass, die Wut, die Rache und die Ent-täuschung in sich wohnen. Sie ruhen für eine lange Zeit. Möglicherweise treten sie nie zutage, verhalten sich wie ein Vulkan, von dem man ahnt, er könnte jeden Augenblick ausbrechen und es dann doch nicht tut.

Man sagt, die Liebe sei etwas Einzigartiges. Ich glaube vor allem, sie ist die eigenartigste und unbeständigs-te aller Regungen. Als hätte man das Wetter in ein Gefühl gequetscht.

Zum Kakadu, ab jetzt nicht weiter über die Liebe nachdenken! Sonst  bekommt man es ja doch nur mit der Angst zu tun!

Ich weiß  nicht recht, was ich noch dazu sagen soll.

Sag nix. Nochmal zurück zur Dunkelheit. Zurück-gezogen wie ein Berggeist, kommt es nicht in jedem zum Vorschein. Das Dunkle. Die Schattierung der Seele. Nicht jeder Mensch hat einen Schatten, aber jeder wirft einen. Hin und wieder verändert der sich, gleichwohl, ob man buchstäblich in der eigenen Gestalt steht, sitzt oder liegt. Nicht in allen Dingen kommt das eigene Tiefdunkle zur Geltung. Es kommt darauf an, aus welchem Winkel du ein Problem angehst, nachdem du es lange genug betrachtet hast. Da Probleme wie Schrauben sind, lösen sie sich nicht immer von selbst. Einige werden sich verändern, andere anhäufen, noch größer werden oder bei genauerem Hinsehen gar keine mehr sein. Am Ende sind sie vielleicht nichts als leblose Hüllen einer scheinbaren Schwierigkeit, die sich sogar in eine Chance oder Gelegenheit verwandeln oder sich vollkommen auflösen. Was du weitergibst, in deinem Tun, deinen Handlungen, in deiner Körpersprache und mit jedem einzelnen Satz, den du formulierst, ja schon in jedem einzelnen Wort, das deinen Mund verlässt, kann so viel Feuer stecken, dass es für eine ganz herrlich-neue, entflammbare Illusion reicht. Doch Vorsicht! Auch aus einem Funken kann schnell ein Inferno werden. Umgekehrt kann schon ein einziges Wort so hart treffen wie eine Harpune einen Haifisch. Wenn du richtig zielst, kommt es an, steckt, sticht, schmerzt, wirkt nach. Es sitzt in deinem Gegenüber und lässt ihn nicht mehr los. Mit jeder Reaktion. Aktion. Mit jedem Wort lässt du was zurück. Dich. Zumindest einen Teil von dir. So bleibst du in Erinnerung. Doch man bestimmt genauso, welchen Geist von einem selbst man in die Zukunft schickt, was schafft es von dir ins Morgen? Du entscheidest, was bleibt. Bei dir und bei deinem Gegenüber. In einer einzigen Sekunde kannst du in der Tat mit einer Äußerung, an eines anderen Menschen Glaubenssystem kratzen und es zum Bröckeln, zum Wanken oder zum Fallen bringen. Ein einziges Wort kann verantwortlich dafür sein, wie sich dein Gegenüber fühlen wird. Möglicherweise für den Rest seines Lebens, und wieder kommt es darauf an, was du für dich empfindest. Erst, wenn du dir selbst guttust, werden auch andere Menschen den Stellenwert haben, den du für dich eingenommen hast.

Und was bedeutet das in der Praxis?

Nehmen wir an, was du über dich denkst, es sei rein gut und positiv, wie ein Kakadu, der nichts Böses will, unabhängig davon, was du in deiner Vergangenheit erlebt hast, denn das kannst du jetzt erst einmal getrost hinter dir lassen wie eine vergangene Stunde des Tages. Du musst geradezu! Du bist nämlich dazu verpflichtet deine Vergangenheit loszulassen, als hättest du sie wie ein Stück Hefe in einen Brotteig gegeben. Ihre Aufgabe ist es, sich gehen zu lassen, aufzugehen, um dann als Frischgebackenes einer anderen Bestimmung, einer neuen Mischung, nachzugehen. Weiter zu werden! Genauso wie dieses Stück Hefe solltest du dein Vorleben annehmen und es ausziehen lassen. Du musst dieses „früher" nicht mehr zu einem Teil deiner Gegenwart gehören lassen, obwohl du sicher ganz genau darum weißt, dass es dich zu der Person gemacht hat, die du heute bist. Das bedeutet nicht, dass du vergessen sollst. Im Gegenteil. Du sollest sogar aus deiner Vergangenheit lernen. Sie zu verarbeiten, ist das bessere Vergessen. Sich zu erinnern auch.

Du hast recht May, es reicht. Womöglich habe ich mit Hilfe von Dr. Lee erkannt, dass ich meine Vergangenheit, meine Erziehung, meine Eltern nicht auf ewig für mein Verhalten verantwortlich machen kann. Ich könnte schon, aber mit dieser Blockade sitze ich bis ans Ende meiner Tage angebunden an irgendeinem Gitter im Dunkeln. Ich will Licht in meine Vergangenheit bringen. „Vielleicht gibt es ja irgendeinen anderen Menschen in deinem Leben, der dir gezeigt hat, dass du gut bist. Oder eine Situation. Ein Buch. Ein Konzert. Irgendein Aha-Moment! Epiphany." Dr. Lee hat immer die richtigen Worte gefunden. Ich habe ganz schön viel nachgedacht im letzten Jahr.

Du bist allerdings meine Freundin, May, und ich weiß wohl, dass du nur mein Tagebuch bist, und deswegen nicht so dringend in der Bringschuld bist, wie ich. Obwohl – nichts ist nur und mir wird immer klarer, wie wahnsinnig groß es ist, dass man alleine über sein Leben entscheiden darf. Wer sonst sollte mein Leben leben, wenn nicht ich selbst? Ich bin für das Chaos in meinem Leben mindestens mitverantwortlich und genauso dafür, es wieder in Ordnung zu bringen. Was ich letztlich kreiere, steht und fällt mit mir. Höchstens mit einem Zweiten.

Ob die Sonne scheint oder es regnet, kann man natürlich nicht beeinflussen, genauso wie die Umstände oft unbearbeitet, roh, taktlos und erschütternd sind. Genau wie ein Gewitterschauer liegen auch sie nicht in meiner Hand. Je unverzüglicher man das anerkennt, desto eher kann man sich selbst verzeihen, desto gütiger wird man mit sich selbst umgehen. Rückschritte, Scheitern und Pläne verwerfen. Darf ich vorstellen: Da ist es, das ist Leben.

Tage wie Türkis schmecken nach Pfefferminze und Lakritz, atmen Widerstand ein und Freundschaft aus. Sie hören auf den Ruf der Freiheit und marschieren ohne Waffen. Mit einem Hauch von Spekulatius im Gepäck, übrig geblieben aus dem letzten Winter, sitzen Tage wie Türkis mal neben dir am warmen Kamin, mal gemeinsam mit dir inmitten einer Blütenwiese an einem jugendlichen Julimorgen. Manchmal sind es sogar die türkisen Tage selbst, die dich wärmen wie ein selbstgestrickter Wollschal. An Tagen wie Türkis darf man die vorsichtige Hoffnung hegen, sogar den Traum haben, alle Menschen seien gerade für ihre Unterschiede liebenswert. Gleich gut, ganz egal wie groß oder klein gewachsen, ganz gleich wie schwarz oder weiß, wie füllig oder schmal. Ich stelle mir vor, wie es ohne Mauern wäre, wie in der Wildnis, dafür im Einklang miteinander, hell und freundlich, aufgeschlossen. Es würde friedlich sein, himmlisch zuweilen. Das Gefühl an solchen türkisen Tagen vereinnahmt nichts. Wie die bedingungslose Liebe zu einem Kind. Da ist diese Magie, die man wahrhaftig spürt, wenn es geboren wird. Jede Geburt ist gut, weil sie einem das Beste bringt. Aber die Geburt ist nur ein Weg. Was sollte Nick sagen, der adoptiert ist? Das Ziel besteht nicht immer nur aus einem Weg. Obgleich man jemandem ein Leben geschenkt hat und auf die bedingungslose Liebe gestoßen sein mag, die Liebe zu einem Kind, sie beginnt nicht nur ab Geburt. Man begegnet ihr, sobald man bereit ist, vorbehaltlos zu lieben. Dann, wenn sich ein Gefühl von Jetzt und Ewigkeit vermischt. Und die Zukunft, sie ist Türkis. Diese Ahnung ist wertvoll.

Noch ein Letztes, May. Ein weiteres unbezahlbares Gefühl ist, etwas zu tun, was man nicht von sich erwartet hätte. Ich habe letzte Woche einen Fremden zu einem Freund gemacht. Ich habe ihm einen Platz neben mir im Bus angeboten. Danach war er mir nicht mehr länger fremd und der Platz neben mir nicht mehr länger unbesetzt. Das Gefühl von Loyalität, das kleine Stückchen Wir, das man selbst modellieren kann. Es ist wertvoll. Ein kleiner Gedanke, der aufkeimt wie ein zarter Grashalm, der durchs Erdreich bricht und dann weiter wächst. Empathie beginnt dort, wo du dich darum kümmerst, wie es einem anderen geht. An Tagen wie Türkis macht man sich nichts aus seinen Schwächen. Ich geselle mich zu ihnen mit einem Kaffee in der Hand und öffne mein Herz für sie. Schließlich gehören sie zu mir. An Tagen wie Türkis kann ich damit leben, nicht die Beste zu sein. Ganz im Gegenteil. Ich bin heilfroh, dass ich mittlerweile zu meinen Schwächen stehen kann. Ich öffne ihnen sogar eigenhändig die Türen. Diese Offenheit brauche ich, um meine Ängste verblassen zu lassen. Irgendwann schließe ich diese Tore auch wieder:. Spätestens, wenn mir kalt wird. Denn irgendwann zieht selbst durch die offenste Tür ein leises Lüftchen. Niemals wieder, lasse ich eine Türe jedoch von Anfang an verschlossen. Weil eine Tür zum Öffnen da ist. Wie sonst sollte man wissen, was sich hinter ihr verbirgt, wenn man sie nicht aufmachte?

Du könntest verletzt werden.

Danke May, guter Einwand. Es ist ein Argument. Aber ein schlechtes. Es trieft vor Hemmung, dass es sich von selbst auflösen könnte. Angst ist mit Sorge behaftet wie ein Zahn mit Essensresten. Sie lähmt. Also, die Angst, nicht der Zahn. Wie sonst sollte man irgend-wo hinauskommen und ein anderer hinein, wenn nichts geöffnet wird? Wie sonst sollte man etwas hinter sich lassen, wenn nichts überwunden wird? Hürden. Wenn nichts überbrückt wird. Brücken. Ich stelle mir auch vor, wie es wäre, wenn in meinem Kopf keine Monster herrschten, die mir Angst machten.
Ängste stellen die Leichtigkeit auf eine Probe, sind aber notwendig. Denn ohne unsere Ängste erlebten wir keiner-lei Entwicklung. Wenn du mal Hilfe beim Überwinden von Ängsten brauchst, May, mache es wie der Kakadu auf seinem Ast. Schwelle deinen Kamm und meckere. Bleib standhaft, stelle dich deiner Angst, dann puste ihr die Luft raus, kitte ihre Makel, feile an deinen Schwächen und repariere ihre Sorgen. Denn es ist die Angst selbst, die unsicher ist und es auf dich überträgt.
Du hast genug Zeit, dich deinen Zweifeln anzuneh-men und der Liebe deine Kraft zurückzugeben, die du

ohnehin schon immer innewohnen hattest. Zweifle an dir nicht mehr als nötig und lasse deine Zweifel vor allem nicht zu Ängsten reifen. Verhindere, dass dich das Falsche aufhält. Andernfalls halte du es an, damit es dich nicht festhält. Nimm die Angst ernst, besonders dann, wenn sie dich vor Gefahren warnt. Wir brauchen Ängste, May, sie sind bedeutsam, nicht nutzlos. Und trotzdem lohnt sich Angst nur im Notfall. Hab keine Angst vor der Angst, May. Ich will sie auch nicht mehr haben, die Angst vor der Angst, denn manchmal ist sie nichts weiter, als das Ende einer Komfortzone. Ich sage dir jetzt etwas, das du noch nicht von mir wusstest, May. Ich bin gar nicht so verkehrt, wie ich manchmal von mir denke. Ich denke besser, als ich rede und schreibe selbstsicherer, als ich spreche. Aber ich habe es nicht anders gelernt. Mein Vater hat mir viele Ängste geschaffen, das Selbst-nichts-wert-sein-Gefühl und all die Zweifel und Zwänge. Ich glaube, meine Ängste – egal wovor – sie werden nie ganz verschwinden. Sie bleiben, weil ich sie brauche und umgekehrt. Ich bin der Wirt. Ohne mich überleben sie nicht. Es ist ihr Job, mich zu verängstigen. Aber May, stell dir doch mal vor, was passierte, wenn ich im entscheidenden Moment auf sie scheißen würde!

Du könntest dich verletzen!

Genau und schlimmer noch. Ich könnte sterben. „Learning by dying" hat noch niemandem geholfen. Ich denke, ich werde alles neu sortieren. Ich werde meine Sorgen behalten und meine Ängste verlagern. Gedanklich. Ich werde sie mir für schlechte Zeiten aufheben, für den Notfall. Immerhin hat Dr. Lee mir geholfen, meine Angst zu visualisieren. Sie hat mir das hier auf ein Stück Papier geschrieben:

„Ich habe es satt ständig als Sündenbock herzuhalten. Ich muss nicht mehr krampfhaft versuchen, die Türen zu deinem Herzen und zu deinem Seelenleben verschlossen zu halten. Ich bin nicht dein Feind! Ich will dir helfen! Vergiss mich nicht völlig. Sage ruhig Nein, zu mir und anderen, wenn du etwas nicht willst! Ich verspreche dir, ich werde mich zurückhalten, während du in einer Situation steckst. Damit du sie rockst! In dieser Zeit treffe ich mich mit deinen Selbstzweifeln zum Kaffee. Ich werde mich so lange mit ihnen zurückziehen, bis du mich wieder brauchst. Du kannst dann an mich denken, und ich werde für dich da sein.

Gez. deine Angst,
die in Wirklichkeit wie Red Bull
im richtigen Moment Flügel verleiht.

Auch wenn es mir manchmal angenehmer erscheint, meine Mauer aus Angstpuffer verkleidet mit Sorgenschaumstoff aufrecht zu erhalten, letztlich ist es nichts anderes als eine Maskerade, die ich aus meinen Umständen gespeist aus meiner Vergangenheit entworfen habe. Ich vergesse oft, meine "Das kann weg" – Kiste für Gedankensplitter oder Sorgenscherben zu benutzen. Ich ignoriere, dass ich das "Heute verschlossen"-Schild, das da verstohlen irgendwo an seinem transparenten, dünnen Fädchen an meinem Herzen herumbaumelt, abhängen kann. Weil es wie gewaschene Wäsche im Kleiderschrank verschwinden darf. Doch bald, bald werde ich es können, May. Ich arbeite dran. My heart? In progress.

An Tagen wie Türkis reiche ich mir und anderen die Hand. Beistand ist Rückhalt und Rückhalt ist Zusammenhalt. Wenn auch du deine Hand in meine legst, kann dir nichts passieren. Nach Hilfe zu fragen, ist eine Größe unserer Zeit und deinen Platz einem anderen anzubieten und ihm ein Lächeln zu schenken, ist der Kit der Kälte. An Tagen wie Türkis ist alles möglich. Man öffnet sein Herz, für sich selbst und einen anderen. Ich trete dem Zweifel auf die Füße, trample barfuß auf ihm herum und summe frohen Mutes ein lustiges Liedchen aus meinem Erdbeermund. An Tagen wie Türkis schmeckt der Milchschaum nach Honig und der Kaffee nach Lavendelhaselnuss. Es ist, als könnte man nichts als zu lächeln. Doch wo beginnt eigentlich ein Lächeln? Und wie? Im Bauch? Im Kopf? Auf den Lippen eines anderen? Im Gesicht deines Gegenübers?

An Tagen wie Türkis ist das Lächeln jedenfalls der kürzeste Weg zum Glück. Es ist die sicherste Brücke zum Gegenüber und wenn ein Lächeln in den Wangen sitzt und auf seinen Einsatz wartet, dann ist die Reise kurz, aber wirksam. Es kitzelt an der hinteren Zahnfleischbank und schlängelt sich langsam nach vorne zu den Lippen. Da legt es sich auf die Lauer. Die Lippen beginnen, ein bisschen zu spannen und wenn er da ist, der Moment, dann entlädt es sich. Das Lächeln. Mit einem freundlichen, einzigartigen Strahlen bricht es aus dem eigenen Mund. Mitten hinein in ein fremdes Gesicht. Das kann doch nur gute Laune hinterlassen. Und sie bleibt, May, ich glaube, sie bleibt für immer, immer wieder, wenn ich es will.

# ALMADINBRAUN

Amy entscheidet sich. *Los jetzt!* Sie fühlt sich beflügelt, von dem was sie eben gelesen hat und was sie offensichtlich vor weniger als zwei Jahren in ihre dicke May geschrieben hat. *Es wird Zeit, Zeit abzubrechen und loszumachen.* Ihr Bett, das sich an diesem Morgen in ein Lager verwandelt hat, in ein Lager aus alten Geistern, Wut und Gutgedanken, dazwischen noch etwas Platz für Hoffnung, sie wird es jetzt verlassen wie ein Vogel sein kuscheliges Nest. Der Tag wartet und mit ihm jede neue Aufgabe und Erfahrung. Sie ist zum Flug bereit. Für den Flug auf den Gipfel ihres Lebens.

Das Letzte, was sie jetzt gebrauchen kann, ist die Routine von gestern. Amy fährt beide Arme aus, als wolle sie wirklich gleich abheben. Sie streckt sich ausgiebig und kneift ihre Augen zusammen. Angestrengt überlegt sie, was sie daran gut findet, sich entscheiden zu können. *Es ist auch mit viel Energie verbunden, kräftezehrend,* denkt sie, *dieses ständige Entscheiden.* Dann ist sie sich aber sicher und freut sich, dass sie ihre Wahl ganz bewusst treffen kann.

Viel zu oft hat sie sich in der Vergangenheit in die Kanzlei geschleppt, Downtown, wo der Verkehr die

Verkehrsregeln beherrscht und die in Anzug und Kostümchen gezwängten Kollegen busy sind. Mit Koliken wie Steinen im Magen schaffte sie sich zur Arbeit, machte voller Widerwillen den Abwasch oder begab sich auf den Weg in den Quincy Market, ohne den leisesten Clue zu haben, warum sie das ausgerechnet dann tat, wenn ihre Laune sowieso schon am Nullpunkt, die Ampel am rötesten, die Schlangen an den Kassen am längsten und der Betrieb auf den Bürgersteigen am dichtesten war. Als würde die rankende Twining Ivy an der Hauswand ihres Eingangs nicht schon ausreichen, musste sie sich vor allem um die violetten Petunien kümmern, eingesperrt in Zierpflanzpötten, um die Trauben gefärbter Hortensien und um die ornamentale Bananenstaude. Von der Heckenkirsche ganz zu schweigen.

Mit Gießen allein war es da nicht getan. Diese Pflanzen benötigten Pflege. Amys Mutter hatte sie angeschleppt, eine flammende Rede über den ersten Eindruck gehalten, der direkt vor ihrer Haustür im Eingangsbereich beginnen und selbstverständlich ihre Identität als Hausbesitzerin widerspiegeln würde, ohne Interesse daran, ob Amy es gefiel oder nicht.

"Ich mag keine Pflanzen, Mom."

"Du vielleicht nicht, aber die anderen. Bei so einem großzügigen Eingang, da musst du doch irgendwas hinstellen."

Amy richtet sich auf. Bereit, ihr Bett zu verlassen, klappt sie die Bettdecke zur Seite und verdeckt damit den Stapel Notizbücher. Ihre Beine schwingen Richtung Parkett. Sie schiebt ihre Kunstfellpantoffeln zurecht und schlüpft mit ihren Füßen hinein. Wie eine Katze bäumt sie ihren Rücken zu einem Buckel und zieht sich anschließend kerzengerade nach oben. Sie holt etwas Schwung und steht dann endlich auf dem Boden, hinter ihr das Bett, vor ihr der Tag. Ihre rechte Hand greift nach dem Türknauf, der wie ein Diamant geformt ist und sich prächtig in ihre Hand schmiegt. In ihrer Linken hält sie May fest umschlossen. Sie dreht den Türknopf gegen den Uhrzeigersinn und wagt ein paar Schritte in den Flur. Zögerlich, als täte sie es zum ersten Mal, fühlt es sich für sie ein wenig so an, als rotierte ihr Kreislauf. Akribisch inspiziert sie ihre gerahmten Kunstwerke an den Wänden. *Warum habe ich die doch gleich gekauft? Und wer sind überhaupt diese anderen?*

Ihre Eltern hatten wirklich ganze Arbeit geleistet. Das Gefühl, sie genüge ohnehin am wenigstens sich selbst, dieser Druck, unter der ständigen Beobachtung ihres Vaters zu stehen – hinzukam sein unbändiger Kontrollzwang, Gregorys scharfe Art, bissig wie ein Hofhund, sie müsse dieses leisten, bevor sich jenes zu gönnen. Ohne zu hinterfragen, beugte sich Amy diesem Erwartungsdruck. Lange Zeit.

Das Leben Zuhause, unter der Tyrannei ihres Vaters, gemeinsam mit einer alkoholkranken Mutter, die weder sich, noch ihr eigenes Kind beschützen konnte, *wie um alles in der Welt, sollte ich lernen, mir selbst etwas Gutes zu tun?*

Als Amy im Alter von siebzehneinhalb Jahren endlich mit einem handfesten Grund von Zuhause ausziehen konnte, der zukünftige Boss, irgendein Ex-Studienkollege ihres Vaters, wurde sie mutiger. Aber es reichte immer noch vollkommen aus, sie selbst zu sein und die Zeiten in der Kanzlei waren alles andere, als Amy es sich vorgestellt hatte. In ihr wuchs das Gefühl, wie eine Maschine intakt sein zu müssen, pausenlos zu arbeiten und dabei einwandfrei zu funktionieren, obwohl sie sich am Ende nicht einmal mehr sicher wahr, ob sie diese Arbeit überhaupt jemals für sich begonnen hatte oder aus dem Grund endlich von ihrem Elternhaus verschwinden zu können."Du wolltest doch bezahlt werden." Gregory hatte mit Amys Entscheidung, arbeiten zu gehen, ein gewaltiges Problem, und das ließ er sie jede Sekunde ihrer Zusammentreffen spüren.

"Mit einem Mann wäre das Thema ein für alle Mal vom Tisch. Du bräuchtest nicht zu klagen wie ein Hirte, darüber wie es dir auf der Arbeit ginge. Eine Frau muss sich keine Gedanken um das Geld verdienen machen. Allenfalls Sorgen um das Abendessen."Amy erinnert sich genau, in welchem Zusammenhang ihr Vater das erwähnt hatte. Mit zusammengezogenem Gesicht und einem Ausdruck, als würde er seiner Tochter jeden Moment den Kopf abbeißen, hielt er seine Zähne gefletscht, um wieder einmal seinen Uncharme zu beweisen.

Bis heute erkennt Amy die drei Gemeinsamkeiten zwischen ihrem Boss und ihrem Vater, die ihre Erinnerungen an die gemeinsame Studienzeit stets lebhaft hielten, immer wenn sie sich auf einen Bushmills trafen. Durst. Dekadenz. Dysphemismus. Für ihre alkoholgetränkten Anekdötchen hielten sie die immer gleichen langweiligen Protagonisten und Requisiten parat. Es ging um rotgekleidete, leicht dümmliche Prostituierte, um in Cans gefangene Champignons mit Blue Cheese, Moonshiner und noch viel mehr Frauen. Gregory schämte sich keineswegs, seiner Tochter diese Geschichten brühwarm zu servieren, während Martha auftischte. Zwischen den Köstlichkeiten ruhten schwere Kristallgläser Pinot Noir, Whiskeybecher und Schnapsgläser, die Martha auf dem schweren eisenbeschlagenen Holztisch, der als einziges Stück aus der Aussteuer ihrer Eltern stammte, demütig drapierte, nicht ohne sich selbst hin und wieder einen großen Schluck zu gönnen. Und neben dem dampfenden, zu Tender frittierten Hühnchenspitzen, das Martha den feinen Herren in ihren monotonen Alltagssakkos zum Abendessen reichte, spielte ein kleines Knäul mit schief geflochtenen erdbeerroten Zöpfen auf dem Boden. Das war Amy, ganz brav, und sie machte keinen Mucks.

Genauso wie für Gregory, zählten Emotionen oder Befindlichkeiten auch bei ihrem Boss nicht die Bohne. Auf der Arbeit verlangte der fettleibige Mann mit ungepflegtem Schnauzbart, sichtbar gelbleuchtenden Schmalzpfropfen in beiden Gehörgängen und ungestutzten Nasenhaaren wie von einem Walross, unermüdliche Disziplin von Amy, die im Gegensatz zu ihm immer mehr an Gewicht verlor. Wer jedoch die Macht hatte, besaß das Recht und so behielt der Boss das Sagen und seine Kanzlei lief, wie er es sich vorstellte. Seine Arbeitsmoral sollte vor allem auch die seiner Sekretärin sein. Wenn er am Wochenende arbeitete, forderte er es auch von Amy. Wenn er die Mittagspause verschob oder ganz ausfallen ließ, musste auch Amy das Telefon besetzt halten. Jede noch so kleine Angelegenheit ging über seinen Sekretär, hatte es auch nichts mit ihm zu tun. Wie auch ihr Vater inspizierte Amys Chef hin und wieder das, was ihm nicht gehörte. Angefangen in den privaten Schubladen seiner Angestellten bis hin zu ihrem persönlichen Mantelschrank, in dem sie am Morgen ihren elfenbeinfarbenen Coat verstaute. Manchmal fuhr er auch über ihre Arme, berührte sie an der Hüfte oder der Schulter. Ganz rein zufällig versteht sich. Amy hatte ihn schon mal dabei erwischt, wie er ihre Manteltaschen nach was auch immer durchwühlt hatte – ebenso wie ihr Vater hin und wieder in ihrem Tagebuch las.

Diese beiden Männer in Amys Leben hatten den Zwang alles im Überblick zu behalten, was in ihrem nächsten Umfeld ablief. Daraus entwickelte sich bei Amy das unwiderrufliche Gefühl, jede Aussage sei als Anspielung auf sie bezogen. Diese beiden Männer kontrollierten ihr Leben.

Amy steht wie angewurzelt im Flur. Sie versucht, sich ins Gedächtnis zu rufen, wann sie in ihrem Leben damit begonnen hat, sich nach anderen zu richten. *Wann ist mir die Meinung anderer Menschen wichtiger geworden als meine eigene?* Vielleicht hatte es in ihrer Schulzeit angefangen. Dann, wenn sich Kinder aneignen, warum man Dinge für sich selbst lernt, begann Amy wie programmiert, fremdbestimmt zu handeln. *Hauptsache, ich mache Dad nicht wütend,* erinnert sie sich. Später konnte sie keine Entscheidungen mehr treffen, ohne sich vorher bei irgendjemandem zu versichern. *Hauptsache, ich machte nichts falsch.* Amy konnte nichts spontan unternehmen, keine flexiblen Dates vereinbaren, ohne vorher nicht alles bis ins kleinste Detail geregelt und vorbereitet zu haben. *Ich konnte das Haus nicht mehr verlassen.* Ihr Selbstwertgefühl regulierte sich über die Jahre ihrer Jugend auf ein Minimum. Amy hatte vergessen, wie es sich anfühlte, Dinge zu tun, die sie in ihrer Persönlichkeit weiterbrachten. Hinzu kam der Einstieg in die Kanzlei, in der die Erwartungen und Konformitäten, die Normen und die Richtlinien sie einschnürten wie ein Korsett, ohne dass sie es bewusst an jedem Tag wahrnahm. *Wer wäre ich geworden, wenn das alles nicht passiert wäre?*

Amy war gefangen. Ihre Achtsamkeit schaffte sich ab und ihre Selbstliebe war praktisch nicht vorhanden. Auf der Arbeit schien sie auf der Stelle zu treten und obwohl sie sich hin und wieder freizustrampeln versuchte, gelang ihr es nicht dauerhaft. Über weite Strecken fehlte ihr die Motivation, einen Tag anzugehen, Dinge zu erledigen. Ihr war der Sinn zum Weitermachen abhandengekommen, der Mut sich das einzugestehen und ihr fehlte die helfende Hand sich aus diesem Loop zu befreien. *Meine Freunde haben sich verzogen. Wer will schon etwas mit einer depressiven Kuh zu tun haben und einer, die sich nicht mehr vor die Türe traut? Zum Kakadu. Ich selbst auch nicht.*

In der Kanzlei war Amy die einzige Sekretärin, die rechte und linke Hand des cholerischen Chefs, das Ohr und das Auge des Studienkollegen ihres Vaters. Er würde es durchsickern lassen, sollte Amy Schwäche zeigen.

Vor ihm durfte sie sich ihre Not auf gar keinen Fall anmerken lassen, war er doch mindestens mitverantwortlich, dass sie überhaupt mit beiden Beinen in ihrer schicken schwarzen Louis Vuitton Viskosehose in diesem Sumpf steckte. Es gab noch weitere Anwälte in dem Gebäudekomplex, aber auch die entfernten Kollegen um sie herum, mit denen sie sporadisch bekannt war und umso oberflächlichere Gespräche in den Meetings der umliegenden Szenecafés, Bistros und Bars mit After-Work-Programmen führte – wenn es überhaupt dazu kam und sie ihren Schreibtisch verlassen konnte –, ignorierten ohnehin alles, was zu privat wurde. Sie funktionierte. Alle um sie herum taten es. Jeder schwamm brav mit dem Strom, niemand fiel weiter auf. Man ließ sich von der Tristesse des scheinschönen Alltags treiben. Bloß nicht die Maske verlieren – und besonders Amys Maske saß perfekt. Ganz wie ihr Make-up und die Chanelbrillen und Armanikostümchen ihrer Kollegen. Und wenn es tatsächlich mal passieren sollte, dass all die modellierten Mimiken, die Emotionen wie Formschinken in Kontur gepresst und die kaltgestellten Floskeln ein wenig an Konjunktur verloren und sich tatsächlich so etwas wie Zwischenmenschlichkeit einschlich, dann reichte es nicht aus, sich weiter darüber zu unterhalten. Stattdessen breitete man den verrutschten Schleier der Einmaligkeit peinlich genau darüber. Dass Amys Seele einer bröckelnden Ruine glich, interessierte niemanden.

Amys Mutter ahnte, dass etwas in ihrer Tochter vorging, sie wollte es aus Angst vor ihrem Mann aber nicht thematisieren. Sie schwieg, wie sie es eh und je getan hatte. Außerdem trank sie lieber noch einen Scotch darauf und begnügte sich mit ihrem Selbstmitleid. In ihrem hochprozentigen Haushalt fiel sie nicht weiter auf. Überfordert von sich und der Welt, wusste Amy selbst nicht mehr, wie es in ihrem Inneren aussah. Das einzige Gefühl, das sich in ihr immerzu regte, war, vor einem riesigen Scherbenhaufen zu stehen und nicht zu wissen, wo sie überhaupt noch hintreten sollte. So endlos viele Typen schwirrten in ihrem Kopf umher, so viele unterdrückte Charakterzüge, die nicht die Chance hatten, an die Oberfläche zu gelangen. So viele unerfüllte Träume und Wünsche, Lügen und Halbwahrheiten.

Eigentlich war Amy einmal ganz gesellig gewesen. Zumindest bevor sie sich zurückgezogen hatte. Und reflektiert war sie. Und wortgewandt. Willenstark. Naturverbunden. Fair. Sorgfältig. Emphatisch. Wissbegierig. Strukturiert. Natürlich. Gemütlich hin und wieder. Etwas vulgär, dafür charmant und liebenswert. Sie hatte eine Schwäche für Kakadus und Peru. Kakteen und Kunst. Und nach außen konnte sie sogar ihre Souveränität wahren. Eigentlich. Am besten, wenn sie so nervös war, dass ihre Nervosität sich ins Gegenteil umkehrte und sie vor Selbstbewusstsein nur so strotzte. Meistens behielt sie ihre Nerven, gespannt wie Sonnenbrandhaut, im Griff.

Solange bis sie ihre erste eigene Wohnung bezog und an einem besonderen Abend im Mai eine Erkenntnis hatte. Rotweingeschwängert hing der Himmel dieser Nacht voller Kitze, Amy wusste, sie musste sie retten. Und sich! Das Leben, in dem sie sich befand, war keines, in dem sie weitermachen wollte wie bisher. Sie ahnte, dass sie nicht von heute auf morgen glücklich werden würde. Alles auf einmal und sofort in neue Bahnen zu lenken, würde nicht klappen. Was sie aber sehr wohl spürte, sie wollte den Weg begehen, der vor ihr lag. Mit allen Herausforderungen und Hindernissen. Nach diesem Abend im Frühling war sie mehr denn je zu einem Weg der Veränderung bereit. Zu *ihrem* Weg der Veränderung. "Für denjenigen, der sich einem Problem annimmt, wird sich ein Weg offenbaren", hatte Dr. Lee immer gesagt und gleich angefügt, dass Leben und Tod, dass beide gerne mal Arschlöcher seien. Diese Aussage war ganz nach Amys Geschmack und sie vertraute darauf, dass das Glück ihr bis dato nicht die Kotze aus dem Weg gewischt hatte, aber gleichzeitig auch, dass es keinen eindeutig, eingezäunten Weg zu diesem Glück gab. "Einzig Glücklichsein ist der Weg". Diese Worte waren ihr irgendwann einmal im Internet begegnet und obwohl sie gar nicht mehr so viel wie einst an Religionen finden konnte, wirkte diese buddhistische Weisheit wie eine erlösendes Rezeptur für ihr Dasein. Sie diente ihr als erste Lösung für ihre Grübelei und entfaltete eine bahnbrechende Wirkung.

Amy hüpft in ihren Schlappen den Flur hinab. Ihre Lunge brennt, ihre Kehle ist trocken. Dieses Erinnern ist anstrengend, aber sie gibt sich Mühe. Der Korridor mündet in einem großzügigen Wohnraum samt heller

Küche. Wie ein Schlauch legt er sich durch die Wohnung. Schmal, stillos, clean. Ohne Leben, wie eine Arztpraxis nach Feierabend, durchgekehrt und aufgewischt. Bis auf die Bilder an der Wand ist da nichts. Die einzelnen Zimmer zweigen vom Gang ab wie die dicken Äste eines Ahornbaumes.

"Viel zu viel für eine Person", hatte ihr Vater irgendwann mal nach einem Besuch erwähnt. "Brauchst du so viel Platz für dich alleine?"

*Was braucht eine Person zum Leben? Oder zum Sterben? Wer entscheidet das?* Wie oft hat Amy schon am selben Fleck in ihrer Wohnung gestanden und über die Antworten zu diesen Fragen nachgedacht.

Müde lächelnd schiebt sie diese Sorgen jetzt beiseite. Sie beschließt, dass diese quälenden Kopfbiester von nun an der Vergangenheits-Amy angehören sollen. Sie steht vielleicht am selben Ort, ganz und gar nicht aber am selben Punkt in ihrem Leben. *Es hat sich so viel verändert seither. Eine Portion Fortschritt, mit Schlagsahne bitte.*

Sie schlüpft aus ihren Pantoffeln und kickt sie in die Sitzecke. Dann beginnt sie, ihre Füße auf dem Parkett zu wiegen. Wie eine Buche in leichter Frühlingsbrise schaukelt ihr Körper vor und wieder zurück. Im Herzen trägt sie ohnehin weder Schuh noch Strumpf. Da war sie barfuß. Sie genießt den Moment. *Arsch hoch, Schuhe aus, Zehenklavier.* Sie nimmt den harten Untergrund wahr und spürt, dass sich ihre Fersen heben und senken, während sie wieder aufsetzen, um von Neuem abzurollen. Das ganze Gewicht ihres Körpers lastet auf ihren Füßen. *Diese armen Füße,* kommt es ihr. *So viele Päckchen zu tragen haben sie, und dann auch noch meinen Körper.* Fröhlich klimpert sie mit ihren Zehen auf dem kalten Holz. Die Dielen knarzen und sie ist so sicher wie eine Schutzweste: *Ich will auf gar keinen Fall mehr zurück! Manchmal muss man vergessen, woher man kommt.* Verlegen reibt sie sich mit der Handfläche über die Wange. Dann schnippst sie im Takt zu der Melodie ihres Herzens uns sie lächelt.

Und *vorbei* denkt Amy und sie nickt sich selbst entschieden zu, schlurft gemütlich in die Küche. Auf ihrem Weg reißt sie die Türe zum Balkon auf. Ein luftiger Zug zischt hinein. Sie begutachtet ihre Gänsehaut, die sich auf ihrem Oberarm gebildet hat und schiebt die Ärmel ihres Nachthemds nach unten. *Jetzt Kaffee,* beschließt sie. Den bereitet sie auch jeden Abend vor. Dafür füllt sie drei Kaffeepulverlöffel und das Wasser in die Maschine. Sie stellt ihre Lieblingstasse auf die Arbeitsfläche, legt zwei Zuckerwürfel bereit und muss nichts weiter tun, als das ovale Knöpfchen zu drücken, damit es ruckzuck am Morgen gehen kann. Sie schaltet die Maschine ein, die wie eine alte Dampflok zu rödeln beginnt. Aus dem Tank zieht sie das Wasser, um es heiß und brodelnd auf das gemahlene schwarze Gold zu spucken. Dann schaltet Amy die Maschine wieder ab, noch bevor der Kaffeegeruch an ihre Nase dringen kann. *Ich mach mir einen Tee!* Amy lächelt vor Freude über ihre Entscheidung. Entspannt legt sie Teller und Messer auf die tischbetuchte Tafel. Sie greift einen Apfel aus der Obstschale, die zudem randvoll mit Birnen, Beeren und Pflaumen ist. Die Apfelhaut ihres Frühstücks glänzt dunkelrot. Auch trägt sie einen leicht gelblichen Schimmer. Der Stiel ist noch dran und sogar ein klitzekleines Apfelblättchen steht kerzengerade ab. Wie ein Fähnchen sieht es aus. *Hoffnungsvoller ist nichts – so stelle ich mir Natürlichkeit vor.* Amy teilt den Apfel mit einem scharfen Messer in zwei Hälften und beißt belebt in die eine. Ihr Biss durchdringt die Schale, der Apfelsaft spritzt, das knackharte Fruchtfleisch ist gigantisch saftig und fast schmatzt Amy ein bisschen, während sie die Frucht weiter bearbeitet. *Der beste Apfel der Welt, findet Amy. Der beste Apfel zur besten Zeit. Seine Zeit ist meine. Ich nehme ihm seine. Alles hat eine. Doch wer entscheidet für wen? Wer nimmt wem welche Zeit?*

*Ich habe mich tatsächlich aufs Gleis gelegt! Die kalten Schienen. Der anfahrende Zug! Das Quietschen seiner Reifen und das entsetzliche Rauschen, als ich mich in die Büsche rollte!*

*Nichts darf so schlecht sein, dass ich mein Leben lasse. Nichts ist so verdorben, dass nicht wieder ein Saatkorn darin zu finden ist. Das Leben ist ein einziges Ja, das viele Neins aushält. Das Leben ist ein Apfel. Immer wieder ein Genuss.*

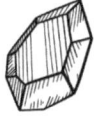

# TÜRKIS

Amy ist heilfroh über ihre Gedanken. Der Apfelvergleich gefällt ihr. Dann läuft sie zurück in die Küche. Sie öffnet die Schublade und beginnt in einer Blechkiste zu wühlen. Kleinkram klappert. Lutschpastillen, Zahnstocher, Kreide, Streichholzschachteln, Klemmen, Marker. Sie wühlt sich durch Haushaltsgummis, rollt einen Baseball von einer Seite zur anderen, verschiebt eine Dose und findet plötzlich wonach sie sucht. *Da ist er!* Sie hat ihren Türkis gefunden, den sie als Mädchen gerne bei sich getragen hat und sie ist prächtig überrascht, dass sie ihn so schnell wieder gefunden hat. "Ich werde ihn nochmal ganz nah bei mir tragen. Wie dich, May", sagt Amy entschlossen und begutachtet erst den Edelstein, dann ihr Tagebuch. *Februar! Ich muss nochmal zurück in den Februar, 2017,* kommt es ihr in den Sinn. Sie lässt den Stein in der Brusttasche ihres Nachthemds verschwinden und schlägt ihr Tagebuch wieder auf.

*14. Februar 2017*

*May, an Tagen wie heute ist alles gut. In allem Moll, höre ich ein Dur. In alle Gefahren mischt sich Türkis und in all*

der Distanz spüre ich ein wenig Nähe. Ein neues Karten-
deck liegt bereit und nur noch blaugrau sind die Erinnerungen an die Verletzungen der Vergangenheit. Blassgrün
ist die Hoffnung, die zuversichtlich in der Zukunft hockt
und mir unerschrocken von dort aus zuwinkt.

Verlier bloß nicht die Realität aus den Augen, denn
auch an Tagen, die Türkis sind, ist nicht alles rosarot
oder zimtzuckrig!

Ich weiß, danke May. Doch ich möchte dich bitten, ab
jetzt ein bisschen mehr Vertrauen in mich zu haben.
Vertraue auf meine Stärken, dann kann ich es auch tun.
Lass dir versichern, dass ich noch nie eine Fantastin war
und sicherlich nicht jetzt zu einer werde. Ich weiß, dass
es nicht selbstverständlich ist, das Glück zu besitzen.
Kakadulores, es gehört mir doch nicht. Was gehört mir
schon? Wer besitzt überhaupt etwas auf dieser Welt?

Nicht selten
sucht man
nach allem
und findet nichts
Man sucht nach dem  was man schon hat
Oder man wartet  auf das Glück  und sieht es nicht
Ohne zu merken,  dass uns nichts  gehört in dieser
Welt
Nichtmal du dir
Nichtmal ich mir
Und erstrecht nicht Besitz

Besitz ist wertlos, wenn man stirbt. Zumindest für einen selbst und es ist eben nicht wie bei einem Wettkampf. Am Ende meines Weges wartet keine Auszeichnung auf mich. Niemand steht mit einem Pokal, einem Geschenk oder einer anderen Belohnung bereit und beglückwünscht mich grinsekuchig: Congrats! You're full of joy! Be happy now! Ein Ende des Glücksweg gibt es ja eh nicht. Glücklichsein ist ein Prozess, ein Weg, ein Wachsen, ein Werden. Ein Verlauf, der fortwährend ist. Ähnlich der Aneignung von Wissen oder dem Sammeln von Erfahrungswerten. Dazu gehört auch die Erkenntnis, dass das Glücklichsein, das Türkisdenken, und das Türkissehen eine Lebenseinstellung ist. Tage wie Türkis sind Lebens(er)haltung.

Wie bist du zu der Ansicht gekommen?

Ganz einfach. Wie du die Dinge angehst, wie du sie siehst oder verarbeitest, so glücklich bist du. Wenn du zum Beispiel emotional aus den Hosen hüpfst, wenn dir der Bus vor der Nase wegfährt oder dein Auto nicht anspringt, obwohl du zu einem wichtigen Termin musst, dann warst du entweder schlecht vorbereitet oder hattest schlichtergreifend Pech. Denn wo Glück zu finden ist, warten auch andere Gesellen. Wenn die Umstände dir einen Streich spielen, weißt du, was du dann machst, May? Dann atme erst einmal tief durch! Atme! Das meine ich ganz ernst. Ich weiß, du atmest immer unaufhörlich, sonst wärst du wohl kaum am Leben, aber nimm dir mal einen achtsamen Moment, in dem du es ganz bewusst tust. Damit meine ich, achte in einer

Situation, die dich in die Knie zwingt einmal ganz genau auf den Beweis, der dich am Leben hält: deinen Atem. Statt dich aufzuregen und den schief gelaufenen Mist oder deinen Seelenschaumscheiß zu verteufeln, atme! Und nimm alles an, was dir geboten wird. Wie auf einem Markt.

Denn, um ganz ehrlich zu sein: Die Situation ist gelaufen. Vorbei. Es ist zu spät, etwas an ihr verändern zu wollen, macht keinen Sinn mehr. Der Bus ist weg, das Auto Schrott. Die Worte gesagt, das Essen verkocht, das Motorrad abgeschleppt. Es ist nicht wichtig, wie und was dich in die Lage gebracht hat, wie alles dazu gekommen ist. Wichtig ist, was du aus dem Mist machst. Kompost oder noch mehr Mist? Es geht weiter, einverstanden?

Einverstanden, aber was raus muss, muss raus.

Klar, Dampf ablassen hat schon vielen Unschuldigen geschadet! Mal im Ernst. Koche, aber verbrenne deine Brühe nicht an demjenigen, der dir als Erstes in die Quere kommt und nichts für dein Dilemma kann. Das bringt dich nicht weiter und dein Gegenüber nur gegen dich auf. Wenn du deinen Frust an jemandem auslässt, der dir am nächsten steht, Klassiker, schließlich „kennt man sich gut" (zu gut, dass man weiterhin nett zueinander sein kann?). Überlege dir, wen und ob du überhaupt einen Dritten mit deiner Laune und Wut auf die Situation, die dich in diese Lage gebracht hat, verbrühen willst. Schließlich ist es deine Emotion und nicht die des anderen.

Tu was immer du fühlst und was dich weiterbringt in dem Moment — fluche, lächle, heule, schreie, lebe jede deiner Emotionen, aber gib niemand anderem die Schuld an ihnen. Zum Kakadu nochmal, kicke das Wort Schuld am besten genüsslich und gleich aus deiner Wortschatz-küche! Jede Art von Schuld ist schwer zu (er)tragen. Bevor du deinen Freund, deine Mutter oder den Busfah-rer für etwas verantwortlich machst, denke kurz darüber nach, ob du nicht auch fünf Minuten früher das Haus verlassen, dein Auto einen Abend vorher checken oder zumindest einen Plan B in der Tasche haben hättest können, wenn dir der Termin achsowichtig gewesen wäre.

Und was ist, wenn ich das alles befolge?

Was jetzt kommt, ist einfach. Wenn du dich kurz vergessen hast, sich genug Lachfalten über die Sa-che gelegt haben und dir wieder einmal bewusst wird, wie gut du dich eigentlich kennst, dann ruf dir aufs Tablett, dass Gelassenheit an Tagen wie Türkis dein Denken beeinflussen kann. Steht das Gefühl von Glück auf deiner Einstellung-zu-den-Dingen-Liste ganz weit oben, hat es vielleicht sogar Priorität, dann wird dir schnell etwas anderes einfallen, als die Situation, wie sie ist zur Hölle zu schicken. Du kannst sie umkehren, das Mindeste aus ihr herausholen, schon von Anfang an mit guten Kräften dagegen wirken, statt dich in die Ecke zu setzen und zu schmollen.
Der Bus ist weg, aber du hast vielleicht jetzt genug Zeit, dir ein leckeres Frühstück auf die Hand zu besorgen.

Womöglich bleibt auch ein maximaler Moment für einen Kaffee und noch einen für den obdachlosen Mann, der dort neben der Bushaltestelle sitzt. Schau dich in deiner neugewonnenen Zeit mal um. Ist die Strecke zu Fuß überwindbar, so dass du dich offenen Blickes spazierend und staunend, deine Umgebung wie ein Kind erkundend, das zum ersten Mal alles in Ruhe betrachten kann, auf den Weg begeben kannst? Es braucht auch nicht die ganze Strecke zu sein. Vielleicht bis zur nächsten Haltestelle, bis der nächste Bus anhält. Du kannst die Zeit auch nutzen, jemandem eine fixe Nachricht zu schicken. Tippe einfach die Worte "Ich denk an dich" in dein Smartphone und schicke sie an die Menschen, die du gern hast.

Ach, an Tagen wie Türkis gibt es unendlich viele Möglichkeiten, das Mindestbeste für dich aus einer Situation, die dir zunächst blöd erscheint, herauszuholen. Oder eben nicht. Denn hinnehmen und abwarten ist genauso gut wie Türkis.

Alles ist jetzt immer Bonbon und rosa Schleifchentütchen für dich, wie?

Ach Quatsch, Königinnendisziplin wäre es, die Einstellung des Hinnehmens zu verinnerlichen und aufs eigene Leben zu übertragen. Die Dinge nicht alle rosarot oder Türkis zu sehen, sondern neutral. Nichts ist ätzender als ein Mensch, der immerzu im Leben swingt. Ich kriege das kalte Kotzen, wenn alles zu schön und immer perfekt und positiv ist, denn das ist es nicht. Das Leben ist manchmal ein echt fieser

Hundehaufen, in den man unverschuldet hinein latscht und ihn zum Dank noch eine Weile am Schuh kleben hat. Man trägt die Reste, versteckt in den Rillen, mit sich herum, wird den Gestank nicht wieder los und soll dann auch noch lächeln und alles positiv sehen? Nein danke.

Aber genau das ist das Leben, richtig?

Genau! Zu neunzig Prozent unplanbar. Leben passiert. Während du fleißig damit beschäftigt bist, irgendwelche Pläne zu schmieden, haut das Leben sich dir wie ein heißes Eisen in die Seite. Zwingt dich zu Boden. Hält dich auf Trab, ist manchmal schlimmer als der Tod. Manchmal denke ich, dass man im Tod mehr Ruhe hat als im Leben. Und nein, ich bin nicht mehr selbstmord-gefährdet, höchstens neutral. Nicht mehr depressiv, melancholisch. Nicht gut. Nicht schlecht. Liberal. Nicht frech, nicht lieb. Fair. Zu meiner eigenen Person. End-lich! Weder positiv noch negativ. Neutral. Nicht grün, nicht blau. Türkis. Zum Kakadu, endlich ich selbst! Aber dieses scheißgeile Leben zeigt dir auch, dass die Steine, die dir in den Weg gelegt werden, dazu da sind, um über sie hinweg zu steigen und dass sich ein Umweg lohnt.

„Nichts ist so schlecht, dass nicht auch etwas Gutes daran wäre". Es ist noch nicht allzu lange her, dass du das gesagt hast!

Stimmt, May, aber nicht alles ist so gut, dass man sich dadurch blenden lassen sollte. Seifenblase an Kaktus.

*Das ist Leben. Ich sag dir noch was: Wenn du wenigs-*
*tens einen Bereich in deinem Leben ins türkise Licht*
*rückst, nur einen, Familie, Arbeit, Freizeit, ... whatever,*
*dann schöpfe daraus und fokussiere dich aufs Jetzt.*
*Denn die Hoffnung ist grün und Türkis braucht grün.*
*Färbe deine Gedanken mal schwarz, mal weiß, mal*
*bunt, dann verlierst du wenigstens nie die Graustufen*
*aus den Augen. Nur die braune Suppe, die kannst du*
*dir getrost sparen.*

Amy klemmt ihren Zeigefinger ins Tagebuch. May soll
jetzt erst einmal Sendepause haben. Amys Gehirn platzt
am Frühstückstisch vor Grübelei. Sie muss das Gelesene
wieder sacken lassen. Vom Apfel liegt nur noch das
Fahnenblättchen auf dem Tisch. Amys Kopf brummt. *So*
*fühlt sich also Höchstleistung an. Wie kann ich mich wichtig*
*nehmen, ohne andere Menschen dabei zu verletzen? Oder zu*
*verurteilen? Wie kann ich es schaffen, das Paket, das andere*
*auf ihren Schultern tragen, anzuerkennen wie mein eigenes?*
*Wie setzt sich ein Mensch zusammen? Was macht ihn aus?*
*Seine Gedanken, seine Erlebnisse, Erfahrungen. Wie ist es*
*ihm ergangen? Wie wird jemand, wie er wird? Bildung,*
*Erziehung und Sozialisation sind die Seile der Vergangen-*
*heit. Wie beeinflussen sie das Strugglepäckchen eines jeden*
*Menschen? Zu allem gesellt sich neben unterschiedlichen*
*Ansichten, Ausgangspunkten und Auffassungsgaben noch*
*unterschiedliche Lebensjahre und Erfahrungswerte. Wann*
*ist man weise und wieso?* Amy glaubt, dass eine Teenie-
mutter genauso verantwortungsbewusst mit ihrem Kind
umgehen kann wie eine Frau in den Enddreißigern.

*Ergo kann eine Frau mit Mitte Dreißig an genau demselben Wissensstandpunkt im Leben stehen wie eine junge Mutter und sie kann dann sogar von einem frischgebackenen Vater noch etwas lernen.*

Amy fragt sich, wie sie gerade jetzt auf diesen Gedankengang kommt und sie ist sich sicher, dass es mehrere Möglichkeiten gibt. *Der Cocktail aus Erfahrung, Lebensweise, Herkunft, der Background, aus dem der Mensch seine Ansichten formt und woher er sein Wissen schöpft, ist entscheidend für sein Handeln. Jeder hat Gründe und die sind manchmal fürchterlich unverständlich.*

Amy entscheidet sich, weiterzulesen.

*(...) Unser Handeln ist mit Gefühlen gespickt und mit der Einstellung eingefärbt, die sich irgendwann auf unserem Lebensweg ergeben hat. Das heißt natürlich nicht, dass diese Emotionen, Einstellungen und Ansichten standfest sind. Sie sind veränderbar, bleiben nicht unumstößlich. Einer der berühmtesten Sätze in der Politik "Was interessiert mich mein Geschwätz von gestern" ist brillant.*

*Ach wirklich? Du meinst also im Klartext: Du kannst saublöd, aber freundlich sein und du kannst ein Intelligenzbolzen und menschlich die totale Katastrophe sein und dein Wissen für das Unterirdischste und Verwerflichste nutzen, was du dir überhaupt vorstellen kannst, ohne dass es dir zum Verhängnis wird?*

*Nein, ich meine, dass du ein Recht darauf hast, deine Meinung zu ändern. Von heute auf morgen. Und schau doch, wie sehr das immer wieder jedem zum Verhängnis wird. Da bringt auch flennen nichts. Der Mensch als Masse verzeiht nichts.*

Amy macht wieder eine Pause.

„Hör auf zu flennen wie ein Mädchen!" Die Worte ihres Vaters kommen in ihr hoch wie Kotze und je öfter er es erwähnte, desto mehr stumpfte sie ab. Die Schwierigkeit zu Emotionen zu stehen, ob Trauer oder Freude, verfolgt sie bis heute. Sie kann nicht unbeschwert fühlen.

*An allem Verhalten ist etwas dran, May. Alles hat seinen tiefen Grund und birgt mysteriöse Überraschungen, wie der Ozean. Das „Etwas" liegt dabei tief als Schatz in jeder Person verborgen, wie die Sache mit den neunzig Prozent beim Eisberg unter Wasser.*

*Was willst du mir damit sagen?*

*Dass ich dahin kommen will, das vollkommen so zu sehen. Denn erst dann kann ich einen anderen Menschen verstehen und mich in ihn hineinversetzen. Und das brauche ich, um selbst glücklich zu sein.*

*Du willst eine Massenmörderin verstehen?*

*Nein, das habe ich nicht gesagt und auch nicht gemeint. Sie verdient mein Verständnis nicht. Und ihre*

Schuhe brauche ich auch nicht. Aber ich will begreifen, warum jemand empfindlicher auf etwas reagiert als ich. Warum ihr etwas weniger recht ist als ihm oder mir. Jemand ist empfindsamer, ein anderer bewertet differenzierter und voreingenommener — rein aus der Erfahrung heraus, weil er oder sie schon mal in einer ähnlichen Situation gewesen ist, bei ungleicher Familienkonstellation. Alles ist immer verschieden, bei jedem anders, nichts ist gleich. Nicht etwa, weil wir alle verschieden sind, das sind wir nicht, uns eint sogar, dass wir Menschen sind, aber uns trennt, was wir für Menschen sind. Was wir erlebt haben.

Amy zieht es auf den Stuhl. Ihr Körper bebt. *Zum Kakadu!* Ihre eigenen Einträge machen sie fertig. Wie Mixgut in einer Rührmaschine werden ihre Gedanken hin und her geschüttelt. Wo hatte sie nur all die Überlegungen gelassen? *Jetzt bloß nicht übermütig werden, ruft sie sich zur Räson. Ich werde zu mir stehen! Ehrlich zu mir selbst sein. Ich lebe nicht das Leben einer anderen Person! Mitfühlen, aber nicht mit leiden.*

Sie blättert weitere Monate zurück.

23. Dezember 2016

Das Problem einer anderen Person ist nicht meines und ich werde nichts mehr zu meinem Problem machen, womit ich nichts zu tun habe.

Versprochen?

Versprochen, May.

Aber du kannst einfühlsam sein!

Fair enough, May! Ich kann einfühlsam sein. Nicht heuchlerisch, bloß haushälterisch — bearbeiten und weg. Was ich will, ist aufrichtig zu den Dingen zu stehen, die mich beschäftigen. Zweifel ins Positive umkehren. Vielleicht kann ich durch die Bearbeitung meines Päckchens, wie auch immer geschnürt, dazu beitragen, dass andere Menschen ermutigt werden, sich durch mein Fühlen zu öffnen. Dass sie nicht (mehr) allein mit ihrer Last leben. Vielleicht ist das mein Weg?

Du wolltest doch sowieso immer schon ein Buch schreiben. Mach das doch einfach!

Du meinst, einfach so?

Warum nicht einfach so?

Hm, vielleicht hast du Recht, Danke, May! Jeder bearbeitet Dinge in seinem eigenen Tempo. Und vielleicht ist sogar ein spannendes Problem unter ihnen! Oft sind die vermeintlichen Schwierigkeiten überhaupt erst die Garanten für ein Weiterkommen im Leben. Probleme als Garant verkannt!

Egoismus hingegen ist Umweltverschmutzung!

Ja, da erwähnst du was. Wenn man es aber schafft, demjenigen zuzuhören, dem man gegenübersitzt, um des Zuhörens Willen und nicht, um selbst zu antworten, dann hat man etwas verstanden. Egoismus lässt uns alleine leiden. Alles fällt ein bisschen leichter, wenn man die eigenen Er-wartungen niedrig schraubt. Nicht völlig aufgibt, bloß reguliert.

Weil Respekt und Erwartungen nichts anderes als unerfüllte Anforderungen an dich selbst sind!

Word! Gehe ich gut mit mir um, gehe ich auch gut mit dir um. In Form von Erwartungen wälze ich das, was ich mir selbst nicht erfüllen kann, an mein Gegenüber ab. Anerkennen, was man nicht ändern kann, aber nicht aufhören zu hoffen. Eine Beziehung kreiert sich immer mindestens aus zwei. Glück ist abhängig.

Glück. Glück. Glück. Ist es überhaupt erstrebenswert? Dieses Glück?

Frage ich mich auch! Vielleicht ist es sogar viel wün-schenswerter, diesem Glücklichsein nochmal von der Schippe gesprungen zu sein. Oder woher kommt der Ausspruch: Puh, nochmal Glück gehabt? Glück vor dem Glücklichsein gehabt?

Vielleicht solltest du eher ein durchschnittliches Leben anstreben. Vielleicht reicht das schon. Vielleicht ist das alles, was du wissen musst. Vielleicht ist nüchtern gut und mittelmäßig mächtig. Mittelmächtig! Gewöhnlich ist nichts Schlechtes, heißt bloß, dass man an etwas gewöhnt ist. Gewöhnung vereinfacht das Leben. Froh? Ja bitte. Fröhlich? Auch gut. Aber glücklich? Nee, danke. Höchstens neutral.

Ach May, du sprichst mir aus der Seele. Bescheidenheit schraubt Ansprüche runter, macht alles erträglich, ohne zu gering zu sein. Wer hat nicht gerne befriedigenden Sex, lieber doch als ausreichenden, aber ein C ist bedeutungsloser als ein A oder ein B. Ist ausreichend nicht das neue Gut?
Bis in diese Sparte hat es sich nun durchgesetzt, dieses Höher, Schneller, Weiter ... Manchmal frage ich mich, ob nicht die vielen Gedanken, die sich seit Jahrtausenden um dieses Glück drehen, das eigentliche Hindernis dafür sind, zufrieden zu sein. Und ja, auch meine Gedanken sind ein weiterer Batzen auf dem Schiff Richtung Glückseligkeit. Die Bücherregale sind voll davon: „Glücklicher werden durch Ernährung". Glücklicher durch Meditation. Buddhismus. Hypnose. Schlaf. Luft. Dankbarkeit. Vorfreude. „Ich bin glücklicher seit ...".

Benenne es doch um!

Wie?

Dieses Glück. Nenn es „Neutromenalität". Neutral trifft phänomenal. Ist mehr als eine Einstellung und weniger als ein Superlativ. Und es wäre ein Neologismus.

May, weißt du, dass du ein Genie bist?

Weiß ich.   Bedeutet neutromenal dann auch, sorgenfrei zu sein?

Sorgenfrei würde ja meinen, dass alles immer gut ist.
Nichts wird für immer bleiben. Auch nicht das Positive.
Sei dir darüber im Klaren, dass alles gut wird, aber
dass genauso auch alles irgendwann wieder scheißegal
ist und eher in Richtung zum Kotzen geht. Glücklichsein bedeutet nicht gleichzeitig ein sorgenfreies Leben
zu führen.

So eine Kakadugrütze! Man kann nicht immer lachen,
vor allem nicht von morgens bis abends, nicht mal an
Tagen wie Türkis.
Glück steckt in Brand, was leise Wellen in dir schlägt
und schneller als du Türkis sagen kann, ist alles auch
schon wieder erloschen.

Und jetzt?

Und jetzt May, kann ich feierlich schreiben, dass mein
neuer Sinnträger die "Neutromenalität" ist. Mein Sinn
steckt darin. Es hat mir geholfen darüber nachzudenken. Es war wie eine Behandlung meiner Seele. Ich
hatte plötzlich keine andere Wahl mehr, als mich damit
auseinanderzusetzen. Mein inneres, verletztes Kind
kollidierte mit dem Wunsch glücklich sein zu wollen und
zu vergessen. Es war an der Zeit mir zu helfen.

Amy hält inne. Sie atmet ein und aus und ein und aus. Sie fühlt sich gut, während sie das liest, und erkennt an, wie viel sie bereits geschafft hat.

May hat noch zwölf leere Seiten. Spürbar sinnliche - weiße, neue Seiten. Sie duften nur ein wenig nach dem Saft, der irgendwann mal auf ihr verschüttgegangen ist. Wie unbenutzte Bettlaken. Mit Flecken. Sie geht zum großen Küchenkalender.

„13. November 2017", haucht sie. Geistesgegenwärtig schraubt sie den metallenen Kugelschreiber von der Wandhalterung und pikst sich die Mienenspitze kurz in den Zeigefinger. *Schreibt.* Dann schlägt sie ihre May auf. Vielleicht zum letzten Mal. *Ich fühle mich gerade beflügelt. Es wäre wie das Buch meines Lebens zu Ende zu bringen. Ich und May, wir würden beide zur Ruhe kommen.* Amy nimmt den Stift und beginnt zu schreiben.

# AQUAMARIN

*13. November 2017*

*Gütiger Kakadu! May, ich bin wieder da.*

*Wahrhaftig!*

*Ich kann es noch gar nicht richtig glauben. Aber da bin ich. Wie geht es dir?*

*Ich fühle mich ein bisschen verstaubt, Kopfweh habe ich auch, sonst alles beim Alten, und dir?*

*Du hast sicherlich nicht mehr damit gerechnet, dass ich mich überhaupt wieder bei dir melde.*

*Weißt du, ich komme damit klar. Ich bin ein Tagebuch. Aber ich freue mich sehr.*

*Seit heute Morgen um fünf Uhr habe ich den Tag damit verbracht, unsere Gespräche zu lesen und viel nachzudenken. Mein Drang ist riesig, dir einige Neuig-keiten von mir zu erzählen.*

Leg los!

Ich habe in den letzten Jahren, besonders aber heute gelernt, mich ernstzunehmen und mich für jemanden zu halten. Mich zu äußern, Nein zu sagen, meine Zwänge zu bearbeiten. Ich glaube wirklich, dass ich zu mir gefunden habe. Weißt du, es mag komisch klingen, aber ich weiß nicht, was die Wirklichkeit überhaupt sein soll und wenn ich länger darüber nachdenke und glaube mir, das tue ich immer noch, dann ist die Realität bloß ein loses Bild von dem, was ich für die Wahrheit halte. Mit zarten Konturen, genau wie ich selbst.

Wow! Das hört sich kompliziert an.

Ich habe gelesen, dass ich vierzig Prozent Einfluss darauf habe, wie sich mein Verhalten auf das Glück auswirkt. Zehn Prozent sind die Umstände, die so lauern und das Glück selbst ist eine Kombination aus Genetik und Verhalten. Sechszig zu vierzig also. Das Glück ist ein Schokopudding, von dessen Pracht ich zu sechzig Prozent gar nichts habe. Und dann bleiben nur noch vierzig Prozent über, zum Probieren.

Gemeinheit, aber seit wann interessiert dich Statistik?

Tut sie gar nicht, aber ich fand es erwähnenswert und deswegen ist es mir im Gedächtnis geblieben. Ich weiß jetzt mehr darüber, warum nicht alles gut oder schlecht ist. Ich weiß es, mehr denn je und dass die Dinge sind, wie sie sind, und dass außer mir niemand Einfluss darauf hat, wie sie zu nehmen sind. Keine Beziehung findet ohne Kausalität statt. So schrecklich mein Vater auch war, er hat mir dabei geholfen, den Kern meiner Schwierigkeiten, meiner Ängste, meiner dunklen Gedanken und Zwänge zu erkennen.

Moment, war er nicht derjenige, der überhaupt erst für sie verantwortlich war?

Ich war auch ein Teil von seiner Schuld, weil ich die Situation zugelassen habe. Ich habe mich demütigen lassen. Ich habe mich verletzen lassen. Ich habe unsere Beziehung mitgestaltet. Wir sind beide für unsere Beziehung verantwortlich gewesen.

Bravo!

Danke, May. Wir haben unsere Situation mit den uns zur Verfügung stehenden Mitteln geschaffen. Jahrelang. Wie Künstler haben wir an unserem Familienbild gearbeitet, gemeißelt und gepinselt. Es war alles vollkommen für den Schein, aber es war nicht wertvoll. Bloß, um zu verstehen, dass uns am Ende nichts Einzigartiges geblieben ist, außer der Erkenntnis, dass es unser Bild war und das es mir wie ein bitteres Souvenir geblieben ist.

Ich bin betroffen.

Ich will nicht mehr um Probleme kreisen wie Helikoptermütter, die ihre Kinder ständig streifen, ohne sie

zu berühren. Neutromenalität ist mein ab sofort mein Flaschenöffner zum Glück. Maß. Achtsamkeit. Ausgelassenheit. Albernheit. Empathie. Leidenschaft. Und wie läuft's so? Alles neutromenal! Ich bin neutro.
Allerdings gibt es Glück nicht in Flaschen und Neutralität nicht ohne Licht und Schatten und all die Graublaustufen dazwischen.

Jetzt bloß nicht den Mut verlieren! Worin siehst du denn jetzt deine Chancen für jeden neuen Tag?

Ich habe gelernt, dass das vermeintliche Problem einer Sache im ganz einfachen Leben, wie es leibt und lebt und vor dir steht, begründet liegt. Daraus lässt sich weiterspinnen, dass diese Seelenschaumscheiße, die Krücken unseres Lebens sind. Gerade die Hürden, die unüberwindbar erscheinen, sind die Sprungbretter, die dich entweder mitten auf die Fresse oder über alles hinweg katapultieren. Das Leben. Ein Biest. Ein Arsch. Ein Fest. Ein Buffet. Mal so, mal so. Genieße es, wenn du genießt. Bedien dich, wenn du dich bedienst. Iss, wenn du hungrig bist. Sei dankbar, wenn es angebracht ist. Hilf, wenn es vonnöten ist. Schlafe, wenn du müde bist, und stärke dich besonders üppig in deinen schwächsten Momenten und ziehe daraus die Kraft für einen neuen Antrieb, denn sie sind die Herausforderungen, die du benötigst.

Hast du zum Glauben gefunden?

May, mach keine Witze. Ich bin seit einigen Jahren der religionsentfernteste Mensch, den ich kenne. Aber ich kann nicht leugnen, dass mich der Buddhismus inspiriert. Was hast du noch herausgefunden?

Dass ich am stärksten bin, wenn ich schwächle..

Du wärst nicht derselbe Mensch ohne deine Schwächen.

So ist es, May. Ist das Chaos eines deiner Charaktermerkmale, dann nimm es an, statt es zu bekämpfen. Solange es ein Lebensmuster ist, mit dem du leben kannst und niemand anderes muss, geht alles in Ordnung. Sobald man ein anderes Leben mit dem eigenen chaotischen Wesenszug beeinträchtigt, spätestens dann sollte man sich Gedanken machen, wie viele Teile in einem selbst damit leben können, dass man einem Mitmenschen damit keine große Freude bereitet. Wenn alles in dir jedoch die Unordnung annehmen kann und du auf niemanden Rücksicht nehmen musst, dann mache sie zu einem Gewinn. Etwas, das dir nahe geht, liegt dir auch. Solange es dir gefällt, darfst du es behalten.

Du bist also ein Gewinner, wenn du verloren hast?

True! Das Glücklichsein stellt sich nicht ein, es versteckt sich nicht vor dir und es wartet auch nirgendwo auf dich. In deinen schwachen Momenten lernst du dich am besten kennen.

Das Glück wird kommen, wenn DU dich darauf ein-
stellst. Wenn deine Haltung die ist, den Dingen mit
Akzeptanz zu begegnen. Das Manöver lautet: Ganz
neutral durchs Leben schippern, mit Kurs auf deine
Ziele, immer mit dem Blick auf einen Nächsten.

Wo ist deine eigene Meinung?

Das ist meine Meinung! Es läuft nämlich nicht immer alles optimal. Manchmal läuft gar nichts. Ständig
Sonne, Sandstrand, Seifenblasen, so ein Leben existiert
nicht einmal im Paradies. Es kann gar nicht existie-
ren. Ein Schicksalsschlag wirft einen aus der Bahn.
Ein nächster kommt und noch ein weiterer wartet. Bei
manchen Menschen frage ich mich wirklich, wie doll das
Leben noch zuschlagen will, zum Kakadu, und ob es
das einzige Konstrukt der Welt ist, das nie lernen wird,
dann aufzuhören, wenn es am meisten weh tut. Trotzdem sind die aus Seelenschaumscheiße resultierenden
Gefühlsregungen der Glückskiller schlechthin.

Reue? Wut? Trauer? Hass? Rache? Bedauern?

Die ganze Palette. Nachvollziehbar, sie zu fühlen, aber
mal ehrlich: Was haben sie überhaupt jemandem bisher
genutzt?
Mich haben sie jedenfalls nur aufgehalten und mir dabei
sehr genau meine Vergangenheit vor Augen geführt, immer wieder. Sie haben mir gezeigt, wie schwarz alles in
meinem Loch ist und als sie mir am engsten die Kehle

zuschnürten und ich nicht mehr klar denken konnte, weil ich sie nicht mehr losgeworden bin, habe ich mir Hilfe geholt.

Proud!

Danke. Dr. Lee hat mir geholfen und du natürlich auch. Ich wollte sie einfach nicht mehr haben, nicht mehr auf mir tragen, diese Lasten. Sie gehören einfach nicht mehr zu mir. Sie sollen mich nicht weiter begleiten und beschweren.

Willst du gar nichts davon weiterfühlen? Nicht mal ein wenig Hass und Abschaum für deinen Vater, dem du bist heute nicht gesagt hast, dass du lesbisch bist?

May, wenn du dir solch ein Gefühl gefällt, dann behalte es, wenn du willst. Aber dann behalte es auch für dich. Die Zwietracht ist dann offiziell deine Sache. Wenn du aber bereit bist, den Hass loszuwerden, dann frage dich ganz aufrichtig und mit all deinem Gespür: Ist dieses Paket hilfreich für dich? Bringt dich der Hass weiter? Kannst du ihn loslassen? Ist deine Antwort zwei Mal „Nein", dann hast du deinen Weg: Zwei Mal ist zweimal zu viel. Tu dir gut und verändere etwas.

Was ist mit Rachegedanken? Die gehören nicht bloß dir, oder?

Wenn du nicht recht weißt, an welchem Ende du anfangen sollst, dann erprobe es erstmal. Du musst *noch keine Haltung haben. Entwickle langsam eine neue Einstellung zu den Dingen. Puste in den Dudelsack und schau, wie es sich anfühlt. Du musst noch keine Partitur auswendig können. Nichts überstürzen, alles nacheinander. Schritt für Schritt. Note für Note. Und mit "den Dingen" meine ich zum Beispiel, dass du schleunigst lernen solltest, wie sich vergessen anfühlt.*

*Rache?*

*Zum gütigen Kakadu, lerne, nicht mehr zu bereuen, sondern zu vergeben. Lerne, dich nicht mehr rächen zu wollen, sondern freizusprechen. Es bringt dich um den Schlaf! Lerne, zu verzeihen. Dir selbst und ...*

Amy zögert. Sie löst den Kuli von Mays Papier und unterbricht ihr Schreiben. Schließlich fasst sie sich ein Herz und bringt voller Entschlossenheit ihren Satz zu Ende.

*... den Menschen, die dir weh getan haben.*

*Dad,*

*I forgive you.
In Love, Amy.*

Amy hebt den Stift. Ihre Hand zittert. Ihr Herz bebt.

Es gibt kein Glück ohne
inneren Frieden.
Und wo soll denn schon Frieden herrschen,
wenn nicht in uns selbst?